일상이 고고학

나 혼자 강원도 여행

※ 일러두기

1. 본문에서 인용되는 모든 저작이나 단행본에는 《》(겹화살괄호)를, 그림 등의 작품에는 〈〉(홑화살괄호)를 사용했다.
2. 본문에 사용된 도판은 대부분 저자와 출판사가 저작권을 가지고 있으며, 국립박물관 · 위키백과 · 나무위키 등 공용 사이트의 저작권 만료 또는 사용 제약이 없는 퍼블릭 도메인 이미지는 출처 표시를 생략했다. 이외에 소장처가 분명치 않은 도판은 정보가 확인되는 경우 이에 따른 적법한 절차를 밟겠다.
3. 비나 종 등의 명문에서 정확한 글을 알 수 없는 경우에 글자 대신 ▨로 표기하였다.

일상이 고고학

나 혼자 강원도 여행

황윤 역사 여행 에세이

책읽는고양이

프롤로그

江湖(강호)애 病(병)이 깊펴 竹林(듁님)의 누엇더니,(자연을 사랑하는 깊은 병이 들어 대나무 숲에서 지내고 있었는데,)

關東(관동) 八百里(팔ᄇᆡᆨ니)에 方面(방면)을 맛디시니,(800리나 되는 강원도 지방의 관찰사의 소임을 맡겨주시니,)

어와 聖恩(셩은)이야 가디록 罔極(망극)ᄒᆞ다.(아, 임금의 은혜야말로 갈수록 망극하구나.)

延秋門(연츄문) 드리ᄃᆞ라 慶會南門(경회 남문) ᄇᆞ라보며,(경복궁의 서쪽 문으로 달려 들어가 경회루 남문을 바라보며,)

下直(하직)고 믈너나니 玉節(옥졀)이 알ᄑᆡ 셧다.

하직하고 물러나니, 임금이 내리신 관찰사의 신표가 행차의 앞에 섰다.

한국인이라면 고등학교 때 반드시 한 번은 배우는 관동별곡(關東別曲)의 시작이다. 덕분에 위의 첫 문장은 한국에서 학창 시절을 보낸 사람이라면 무척 익숙할 듯싶다. 첫 시작인 만큼 누구든지 저 부분만은 열심히 외우고 공부했을 테니까.

관동별곡의 제목 중 관동(關東)은 강원도, 그중에서도 좁게 본다면 대관령 동쪽을 뜻하며 별곡(別曲)은 가요를 의미한다. 즉 대관령 동쪽에 대한 노래다. 실제로 1580년, 조선 선조에 의해 강원도 관찰사로 부임한 정철(鄭澈, 1536~1593)이 주로 동해안에 위치한 관동8경이라 불리는 명소를 돌며 한글로 남긴 작품이다.

그의 여정을 따라가면 흥미로운 점이 보인다. 한양에서 출발한 그는 여주→원주→춘천→철원→회양을 거쳐 금강산에 도착한 후 그대로 동해안을 따라 쭉 남으로 내려갔다. 이에 금강산→고성→간성→양양→강릉→삼척→울진→평해까지 가며 여정은 마무리된다. 이때는 지금과 달리 울진까지 강원도 영역이었거든. 고등학교 때만 하더라도 관동별곡 여정을 지도로 보고 정철이 높은 관직을 얻고 세상 편하게 여행을 다닌다고 생각했었다. 하지만 나이를 먹고 다시 지도를 살펴보니 그것이 아니더군.

강원도는 강릉과 원주를 합쳐 만든 이름이다. 즉 강릉의 강과 원주의 원이 합쳐져 강원도가 된 것인데, 이는 강릉과 원주가 그만큼 과거부터 큰 도시였다는 의미다. 지금도 마찬가지지만 높고 험준한 태백산맥을 기준으로 강원도는 동과 서로 나뉘어 서로 그다지 교류가 많지 않다. 이에 강원도 관찰사가 된 정철은 강원도 서쪽에 위치한 원주, 춘천을 우선 방문한 뒤 강원도 동쪽은 금강산을 기점으로 동해안을 따라 남쪽으로 쭉 내려가며 강릉을 포함한 여러 지역을 방문했던 것이다. 즉 당시 기준으로 볼 때 강원도 관찰사로서 강원도를 가장 효율적으로 한 바퀴 돌아본 셈이었다.

관동별곡 여정 지도를 오랜만에 살펴보다보니 삼국 시대 6세기 지도가 생각났다. 당시 신라는 진흥왕 시절로 폭발적으로 영토를 확장하였는데, 함경도 일부까지 세력 안으로 들어왔을 정도였다. 진흥왕 순수비인 황초령비와 마운령비가 경주에서 무려 480km 떨어진 함경남도 함흥에 위치하고 있었으니, 이는 곧 신라 왕이 함경도까지 직접 방문했음을 의미한다. 그렇다면 당시 진흥왕은 그를 보호할 병력

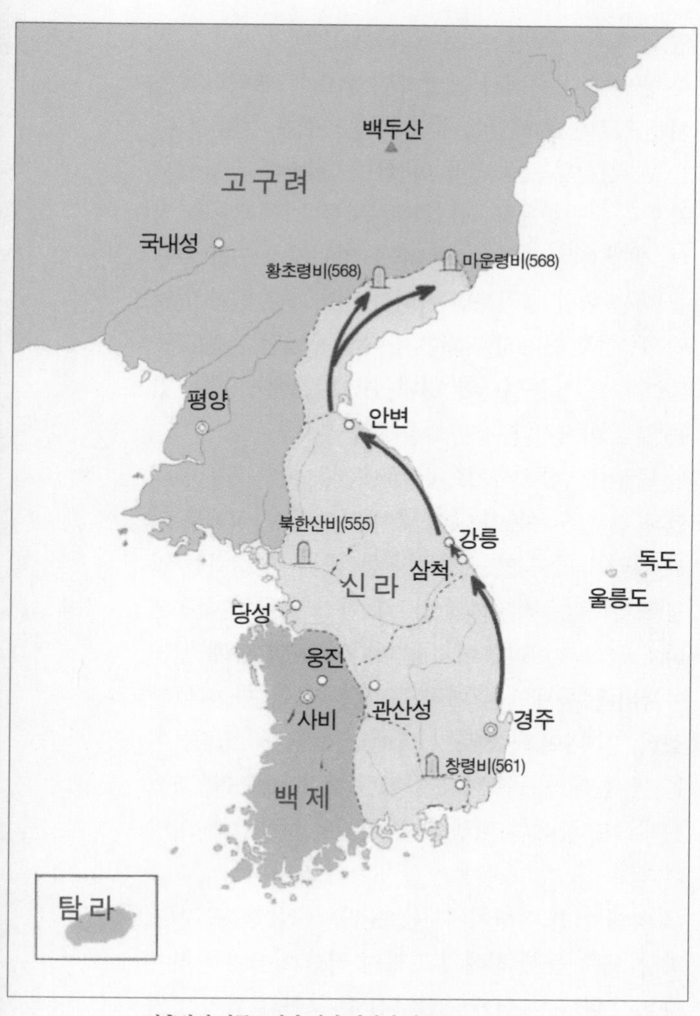

진흥왕의 이동로이자 이번 여행의 이동로.

과 함께 과연 어떤 루트로 이동했을까?

당연히 경주에서 출발하여 험준한 태백산맥을 기준으로 동쪽 해안을 따라 쭉 올라갔을 것이다. 이는 곧 정철의 관동별곡 여정과는 정반대인 남에서 북으로 이동했음을 의미한다. 그렇다. 동해안을 정치, 행정적인 이유로 이동하는 김에 경치를 함께 즐긴 이는 비단 정철뿐만 아니라 이미 진흥왕이 있었던 것. 이후 신라의 위대한 왕이 이동했던 강원도 동해안 루트는 통일신라 내내 신라인들에게 의미 있는 길로 이어졌다.

덕분에 《삼국사기》, 《삼국유사》에는 유독 동해안과 관련한 기록이 많이 남아 있으며, 이외에도 여러 지역에 남아 있는 경주와 동해안을 연결하는 인물, 전설 및 유적지까지 합쳐보면 그 풍부한 내용에 깜짝 놀랄 정도다. 이렇듯 바다와 산이 함께 있는 아름다운 동해안의 매력은 비단 지금뿐만 아니라 조선, 더 나아가 신라 시대에도 마찬가지였다. 이는 곧 신라가 구축한 문화를 기반으로 고려, 조선 시대에도 동해안 여행이 큰 인기를 누렸음을 의미한다.

이에 이번 여행기에서는 울진, 삼척, 동해, 강릉, 양양, 속초 등에 전해지고 있는 역사 이야기를 찾아가보려 한다. 아쉽게도 금강산 등 북한에 위치한 지역은 현재 방문할 방법이 전혀 없지만 이 정도만 하더라도 충분히 동해안 지역의 매력을 알 수 있을 테니까. 그럼 시작해볼까.

차례

1

경주에서 만난 강릉 김씨 시조

원성왕릉

어제 고향인 부산에 친지 모임이 있어 갔다가 마무리 후 경주로 와서 잤다. 오랜만에 원성왕릉을 보고 싶은 생각이 들어서 말이지. 나는 이렇듯 굳이 이런 저런 이유를 대고 경주에 자주 오곤 한다. 이유가 생기면 심장이 두근두근 뛰기 시작하더니, 그곳을 반드시 가봐야 하는 희한한 병이 있거든. 국내 여행 대부분은 이런 식으로 갑작스럽게 진행되곤 한다. 글쟁이라 버는 돈은 빈곤하지만 대신 출퇴근이 없어 시간이 자유롭고 풍족하기에 얻을 수 있는 즐거움이랄까. 그렇게 빨리 보고 싶어 숙소에서 나와 버스를 타고 오전 8시 15분쯤 도착한 원성왕릉. 이른 아침이라 그런지 바람이 시원하네. 약간 쌀쌀하기·

원성왕릉. © Park Jongmoo

도 하고.

원성왕릉은 이름에서 드러나지만 신라 원성왕의 무덤이다. 생전 왕이라는 신분이었기에 능(陵)이라 부르는 것이니, 왕과 동일한 서열인 왕비의 무덤 역시 능(陵)이라 부른다. 대표적으로 조선 태조 이성계 무덤인 건원릉, 그리고 건원릉을 포함한 도성 동쪽에 위치하는 왕과 왕비 아홉 기의 능을 합쳐 소위 동구릉(東九陵)이라 부르는 예시가 있지.

그런데 원성왕릉의 조성 배경에는 원성왕이 왕좌에 오른 것만큼이나 재미있는 이야기가 숨어 있다. 그 이야기를 살펴보기 위해 원성왕릉이 왕의 무덤인 만큼 어떤 엄격한 과정을 통해 조성되었는지 우선 알아볼까.

무인년(798) 겨울에 원성대왕께서 장례에 대해 유교(遺敎: 왕의 유언이 적힌 유서)하셨는데, 땅을 가리기가 어려워 절을 지목하여 묘지를 모시고자 하였습니다.

이때 의문을 가진 이가 있어 말하기를,

"옛날 자유(子游: 공자의 제자)의 사당과 공자(孔子)의 집도 모두 차마 헐지 못하여 사람들이 지금껏 칭송하거늘, 절을 빼앗으려는 것은 곧 수달다장자(須達多長者: 사찰에 많은 재산을 기부한 이)

가 크게 기부한 마음을 저버리는 것이 아닙니까? 이렇게 장사지내는 것은 땅으로서는 돕는 바이나 하늘로서는 허물을 들어 꾸짖는 바이니 서로 도움되지 못할 것입니다."

고 하였습니다.

그러자 장례 담당자가 말하기를,

"절이란 자리하는 곳마다 반드시 교화되며 어디를 가든지 어울리지 않음이 없어 재앙의 터를 복된 마당으로 만들어 한없는 세월 동안 중생을 구제합니다. 그러나 무덤이란 아래로는 지맥(地脈)을 가리고 위로는 천심(天心)을 헤아려 반드시 묘지에 사상(四象: 음과 양이 이룬 형상)을 포괄함으로써 천만대 후손에 미칠 경사를 보전하는 것이니 이는 자연의 이치입니다. 이처럼 불법은 머무르는 모양이 없고 예(禮)에는 이루는 때가 있으니 땅을 바꾸어 자리함은 하늘의 이치에 따르는 것입니다."

(중략)

드디어 절을 옮기고 왕릉을 조성하니 사람이 모이고 온갖 장인들이 일을 마쳤습니다.

절을 옮겨 세울 때 인연 있는 대중들이 서로 솔선하여 와서 옷소매가 이어져 바람이 일지 않고 송곳 꽂을 땅도 없을 정도여서 사람이 많이 모인 것이 5리까지 이어졌으며, 눈이 쌓인 산까지 이어선 사람들이 일시에 어울려 만나는 것 같았습니다. 기와를 거두고 서까래를 뽑으며 불경을 받들고 불상을 모시는데 서로 주고받으며 다투어 정성으로 이루니, 인부가 분주히 걸음을 옮기지 않아도 스님들의 안식처가 이미 마련되었습니다.

왕릉을 이루는데 비록 왕토(王土: 모든 땅은 왕의 것이라는 사상)라고는 하나 실은 공전(公田: 국가 소유의 땅)이 아니어서 부근의 땅을 묶어 구농지(丘壟地) 백여 결을 사서 보태었는데 값으로 치른 벼가 모두 2000섬이었습니다. 곧 해당 관사와 기내(畿內: 수도 주변의 경기권, 즉 경주 주변)의 고을에 명하여 함께 길의 가시를 베어 없애고 나누어 묘역 둘레에 소나무를 옮겨 심으니, 쓸쓸하게 부는 바람이 잦으면 춤추던 봉황과 노래하던 난새(봉황과 비슷한 전설 속 새)의 생각이 커지지만 왕성한 기운으로 밝은 해가 드러나면 용이 서리고 범이 걸터앉은 듯한 지세(地勢)의 위엄을 더해줍니다.

경주 숭복사비(慶州 崇福寺碑)

과거 경주에 숭복사라는 절이 있었다. 원성왕릉에서 걸어서 35분 거리이자 직선으로 1.8km 동남쪽에 위치하며 지금도 그 흔적이 숭복사지 삼층석탑 2기 등으로 남아 있다. 이곳에는 사찰의 창건과 역사

승복사터 쌍거북 비석받침. 원성왕릉에서 걸어서 35분 거리에 있는 승복사지에 있는 승복사비의 받침. 승복사터에는 새롭게 만든 비석이 있으며, 비석받침은 국립경주박물관 뜰에 있다. ©Park Jongmoo

를 새긴 숭복사비가 세워져 있었는데, 오랜 세월 동안 비석은 부서져 사라지고 오직 15편의 조각만 발견되었다. 하지만 운 좋게도 최치원의 문집인 《사산비명(四山碑銘)》에 숭복사비 내용이 남아 있었기에 그 내용을 상세히 파악할 수 있었다. 위의 글이 그것이다. 현재는 남아 있는 비문을 바탕으로 2015년 새롭게 비석을 만들어 숭복사지에 새워둔 상황. 이는 곧 숭복사비의 문장이 최치원의 작품임을 의미하며

숭복사지 삼층석탑 2기와 2015년에 건립된 숭복사비. 최치원의 문집인 《사산비명(四山碑銘)》에 숭복사비 내용이 남아 있었기에 담을 수 있었다. ©Park Jongmoo

실제로 그가 신라 왕의 명에 따라 896년에 쓴 것이다.

한편 최치원 글에 따르면 798년, 왕릉의 위치를 결정하는 과정 중 두 의견의 첨예한 대립이 있었다. 사찰이 있던 자리에 능을 만드는 것이 옳으냐는 의견 VS 무덤은 음과 양에 따라 후손에 영향을 미치니 특정 장소와 시기가 중요하다는 의견이 바로 그것이다. 여기서 한 가지 알 수 있는 것은 통일신라 시기에도 왕릉을 만들 때 음과 양을 따지는 등 조선 왕릉 조성 때 풍수지리처럼 일정한 기준이 있었다는 점이다. 결국 토의 끝에 사찰이 옮겨지고 그곳에 원성왕릉이 조성된다.

바로 이때 옮겨진 사찰 이름은 본래 곡사(鵠寺)였는데, 이전 후인 885년, 숭복사라는 이름을 새로 얻게 된다. 덕분에 원성왕릉에 있던 사찰이 1.8km 정도 떨어진 곳으로 이전하여 현재의 숭복사지(崇福寺址)로 남게 된 것이다. 흥미로운 점은 최치원이 사찰을 옮기는 과정에서 사람이 5리까지 이어졌다고 표현했는데, 신라 시대 1리(里)는 372.67m였으니, 5리면 1863.35m, 약 1.86km 정도가 된다. 이는 현재 원성왕릉과 숭복사지까지 직선으로 1.8km 정도 떨어진 것과 동일하다. 즉 5리는 단순히 포장된 문장 표현이 아니라 절이 이전한 거리를 정확히 기록한 내용이었다. 숭복사비 내용의 정확도를 여기서 확인할 수 있군.

그렇게 왕릉 위치가 정해지자 기존 사찰보다 더 넓은 영역이 필요하였다. 이를 위해 주변의 땅 100여 결(結)을 쌀 2000섬을 주고 구입하게 된다. 당시 기준으로 1결당 약 4700평 정도이므로 이는 무려 47만 평에 이른다. 마침 안양 평촌 1기 신도시가 약 154만 평이니 약 3분 1 규모다. 여기다 본래 사찰 영역까지 더하면 원성왕릉의 영역은 더욱 넓었을 것이다. 이렇게 구성된 왕릉과 왕릉 주변의 토지는 사실상 죽은 왕의 재산과 마찬가지였다.

다음으로 신라 시대 한 섬(苫)은 15말이었고 1말은 부피로 6리터다. 그런데 6리터는 쌀 2.5~3kg에 해당하니, 한 섬은 37.5~45kg라 하겠다. 즉 100여 결의 토지를 사기 위해 지불한 쌀 2000섬은 7만 5000~9만kg, 약 75~90톤임을 알 수 있다. 당시 47만 평의 땅을 쌀 75~90톤으로 교환했다는 의미. 이렇듯 신라는 나라 땅은 왕의 것이라는 왕토(王土) 사상이 존재했음에도 실제로는 국가의 땅과 개인의 땅이 구별되고 있었다. 그리고 개인의 땅은 아무리 최고 정점의 권력자인 왕이더라도 이를 구입한 후에야 사용할 수 있었다. 즉 사유 재산이 분명했음을 보여준다.

능의 봉분이 조성되자 기내(畿內), 즉 당시 경주 주변의 경기권 사람들이 길의 가시를 베고 묘역 둘레에 소나무를 옮겨 심었다. 지금도 관리가 잘 되고 있는 조선 왕릉을 가면 소나무가 운치 있게 배치되어 있으니, 이런 모습은 다름 아닌 저 멀리 신라에서부터 이어온 전통이다. 또한 기내(畿內)라는 표현을 통해 당시 신라도 고려, 조선의 경기(京畿)처럼 수도 주변 일정 범위를 특별 관리하였음을 알려준다. 다만 한반도에서는 현재 '기내→경기'로 표현이 바뀌었으나 일본은 지금도 기내(畿內) 명칭이 남아 있으니, 오사카, 교토, 나라 주변을 기나이(畿內)라 부른다. 이렇듯 일본은 과거 오사카, 교토, 나라를 중심으로 천황이 존재할 때 만들어진 지명이 지금도 이어지고 있다.

> 2월에 담당 관리에 명하여 여러 왕들의 능원(陵園)으로 각 20호(戶)씩 백성을 이주시키도록 하였다.
>
> 《삼국사기》 신라본기 문무왕 4년(664)

뿐만 아니라 왕의 능 주변에는 문무왕 때부터 이미 백성이 이주하여 살면서 대대로 농사를 짓고 여기서 나오는 생산으로 능을 관리하고 제사 지내도록 했다. 그리고 이런 능의 조성과 관리는 통일신라 시대에는 능색전(陵色典)이라 불리는 관청에서 책임졌다. 당연히 원성왕릉도 조성 후 마찬가지의 조치가 이루어졌을 것이다.

자, 여기까지 보았듯이 통일신라 시기 왕릉을 조성할 때 '관련 관청에서 의견 교류→좋은 위치 선정→땅 구입→봉분 조성→노동력을 동원하여 묘역 정리→백성을 이주시켜 능 관리'라는 엄격한 순서가 있었음을 보여준다. 이는 가까운 시대라 기록이 풍부하게 남아 있는 조선 왕릉 조성 절차와 매우 유사한 방식이다.

원성왕과 그의 라이벌

원성왕릉 안으로 들어서니, 입구 양옆으로 문인석(文人石) 한 쌍, 무인석(武人石) 한 쌍이 나를 반겨준다. 특히 무인석의 경우 이국적인 서역인 얼굴을 하고 있는데, 살아 있는 듯 험상궂은 표정이 일품이다. 덕분에 대중들에게 꽤 유명한 작품이기도 하지. 통일신라 시대에 과연 서역인이 한반도로 와서 활동했는지에 대한 의견이 분분한 것 역시 원성왕릉의 무인석 덕분이 아닌가 싶다. 동시대 당나라만 하더라도 서역인이 살고 활동한 기록과 흔적이 남아 있는 만큼 신라도 그랬을 가능성이 충분하나 이와 관련된 확실한 기록이 남아 있지 않으니까.

저기 약간 높은 언덕 위로 주인공인 왕릉이 당당

원성왕릉 입구에 서 있는 무인석. 이국적인 서역인 얼굴을 하고 있어 대중들에게 유명하다. © Park Jongmoo

히 위치하고 있군. 왕릉 주변으로는 소나무가 정성스럽게 둘러싸고 있어 경외감마저 드는걸. 다만 여기서 한 가지 정보를 알려준다면 소나무는 갈로탄닌(gallotannin)이라는 천연 제초제 성분을 분비하거든. 덕분에 소나무 주변에는 소나무 이외의 다른 나무 및 잡초가 자라기 어렵다. 이에 소나무가 우거진 숲에는 일부 적응된 낮은 풀 외에는 거의 소나무만 존재하는 것이다. 즉 소나무를 고분 주변에 충실히 심어둔다면 제초를 하지 않아도 어느 정도 왕릉 주변을 깔끔하게 관리할 수 있다는 의미. 신라부터 조선까지 왕릉 둘레에 소나무를 촘촘히 심은 이유가 이해되겠지?

그럼 서서히 왕릉을 향해 걸어가보자. 올라갈수록 잔디를 밟을 때마다 푹푹 신발이 들어가네. 오죽하면 능을 둘러싼 축축한 돌 벽에서는 물이 계속 새어나올 정도. 이는 이곳에 남달리 물기가 많아 그런 것으로 조선 시대 풍수지리에 따르면 무덤으로 쓰기에 결코 좋은 장소가 아니다. 그러나 통일신라 시대에는 왕릉을 쓴 것이니, 음과 양을 따짐에도 그들의 기준이 조선 시대와는 분명 달랐던 모양이다.

이렇듯 물이 홍건한 장소에 묻힌 원성왕릉은 흥미롭게도 즉위 때부터 물과 관련이 깊었다.

물이 흥건한 원성왕릉. 무덤 뒤쪽 능을 둘러싼 돌 벽에서는 물이 계속 새어나온다. ©Park Jongmoo

선덕왕이 죽었는데 아들이 없자, 여러 신하들이 회의를 한 후에 왕의 집안 조카인 주원(周元)을 옹립하고자 하였다. 주원의 집은 왕궁으로부터 북쪽으로 20리 떨어진 곳에 있었는데, 마침 큰비가 와서 알천(閼川)의 물이 넘쳐 주원이 알천을 건너 왕궁으로 오지 못하였다.

어떤 사람이 말하기를 "왕은 큰 자리라 진실로 사람이 도모할 수 있는 것이 아니다. 오늘 갑자기 비가 쏟아진 것은 하늘이 혹시 주원을 왕으로 세우고 싶지 않았기 때문이 아닐까. 지금 상대등 경신은 전왕의 동생으로 평소 덕망이 높고 왕의 자질이 있다."라 하였다. 이에 여러 사람들의 뜻이 모아져 경신이 왕위를 계승하도록 하였다. 얼마 지나지 않아 비가 그치니 나라 사람들이 모두 만세를 외쳤다."

《삼국사기》 신라본기 원성왕(元聖王) 1년(785) 1월

이처럼 선덕왕이 죽고 아들이 없자 두 명의 인물이 차기 왕 후보로서 주목받았다. 그중 한 명은 왕의 집안 조카인 김주원, 다른 한 명은 왕의 동생인 김경신이다. 이 중 김경신은 왕의 동생이라 표현되어 있지만 종형제, 즉 사촌동생이라는 당나라 측 기록을 바탕으로 《삼국사기》에서 선덕왕의 동생으로 가계

를 정리한 것이다. 실제로는 550년 간 지속된 김씨 신라 왕의 시작인 내물왕을 기준으로 선덕왕은 내물왕 10세손, 김경신은 내물왕 12세손인지라 동생이 결코 아니었다. 아무래도 김경신은 왕위에 오른 후 당나라에다가 전왕의 사촌동생이라며 자신의 왕위 정통성을 주장했던 모양.

다음으로 김주원은 태종무열왕 김춘추의 둘째 아들인 김인문의 후손이자 당시 태종무열왕의 첫째 아들인 문무왕 계의 후손이 끊어지면서 핏줄상 가장 서열이 높은 인물이 된다. 반면 김경신은 단순히 내물왕의 12세손이라 기록되어 있기에 이는 곧 태종무열왕의 직계 후손이 아니라는 의미였다. 그러나 마침 큰비가 내려 경주의 하천이 넘치자 때에 맞추어 김주원이 왕궁에 오지 못하니 김경신이 먼저 왕궁에 도착한 후 왕으로 즉위했다.

결국 뜻하지 않은 자연 사태로 태종무열왕 후손은 신라 왕의 자리를 얻지 못했고, 이 뒤로는 김경신의 후손들이 왕위에 오르게 된다. 이렇게 신라 왕이 된 인물, 김경신이 다름 아닌 원성왕이다. 현재의 왕릉 모습처럼 물 덕분에 왕이 된 인물인 것이다. 또한 신라라는 나라 틀 안에서 새로운 신라 왕계를 구축한 인물이라는 의미이기도 했다. 이는 조선이라는 틀은 유지된 채 세조가 단종을 내치고 새로운 조선 왕계를 구축한 것과 유사했다. 원성왕 이후 신라 왕들이 원성왕의 후손으로 이어졌듯이 세조 이후 조선 왕들은 세조의 후손들로 이어졌으니까.

그런 만큼 원성왕이 죽자 그의 후손들은 기존의 사찰을 옮기는 등 어마어마한 공력을 들여 왕릉을 조성하였다. 조선 태조 이성계의 건원릉을 조성할 때 대략 3~5개월의 시간과, 6000~9000명의 인원이 동원되었다고 하는데, 원성왕릉 조성 때도 최치원의 기록 등을 미루어볼 때 분명 비슷한 규모의 시간과 인력이 투입되었을 것이다.

반면 동일한 사건에 대해 다른 시각으로 본 기록이 존재하고 있으니….

김주원. 태종왕(태종무열왕)의 손자이다. 당초에 선덕왕이 죽고 후사가 없으므로 여러 신하가 정의태후의 교지를 받들어 주원을 왕으로 세우려 하였다. 그러나 족자(族子)인 상대장등(上大長等) 김경신이 여러 사람을 위협해 스스로 왕이 되고는 먼저 왕궁에 들어가서 정사를 행했다. 주원은 화를 당할까 두려워 명주(溟州)로 물러가 머무르며 끝내 경주에 가지 않았다. 2년 후 주원을 명주군왕(溟州郡王)으로 봉하고 명주의 속현인 삼척 · 근을어 · 울진 등의 고을을 떼어서 식읍으로 주었다. 이에 자손은 부(府: 명주를 이름)를 관향(貫鄕: 시조의 고향)으로 하였다.

《신증동국여지승람(新增東國輿地勝覽)》 권44
강원도 강릉대도호부 인물

조선 시대인 16세기 중반에 편찬된 《신증동국여지승람》에는 위와 같은 기록이 남아 있다. 본래 김주원이 왕이 될 순위였으나 김경신, 즉 원성왕이 무력으로 위협하여 왕이 되었다는 내용이 그것이다. 사실상 쿠데타를 의미했다. 실제로도 원성왕 측 시선을 바탕으로 집필된 《삼국사기》 기록은 허점이 무척 많다. 고작 하천에 물이 넘친다고 왕위 계승 1위 인물을 제치고 2위 인물이 왕이 된다는 것은 전혀 설득이 되지 않기 때문. 분명 석연치 않는 사건을 통해 권력을 장악한 뒤 미화하는 과정에서 자연 현상을 가져와 마치 자연이 점찍은 인물처럼 원성왕을 포장했던 것이다.

하지만 김주원은 굳이 더 이상 다투지 않고 화를 피해 명주로 이주하였고, 위 기록에 따르면 그곳에서 원성왕에 의해 "명주군왕(溟州郡王)"이라는 칭호를 받은 채 살아갔다고 한다. 즉 경주에는 신라 왕이 있고 명주에는 명주군왕이 있었다는 것인데, 아무래도 우리에게는 해당 개념이 조금 익숙하지 않게 다가올지도 모르겠다. 마치 과거 중국이 수도에는 황제가, 지방에는 황실의 피를 지닌 이가 왕으로 봉해져 통치하던 형태와 유사하게 여기면 좋을 듯.

문제는 조선 시대 기록과 달리 《삼국사기》, 《삼국유사》, 《고려사》, 신라 비석 등에서 명주군왕에 대한 기록이 전혀 남아 있지 않아 조금 의구심이 든다. 그렇다면 명주군왕이라는 칭호는 정말로 존재했던 것일까? 물론 《삼국유사》에서 김주원이 왕위 계승전에 밀린 후 명주로 물러가 살았다고 하니, 실제로 신라 왕이 되지 못한 후 명주로 간 것은 분명한 역사적 사실이다.

그렇다면 '명주군왕' 에 대한 의문을 해결하기 전, 우선적으로 해당 기록 속 명주가 과연 어디인지 궁금해지는걸. 물론 "강릉대도호부 인물" 이라는 제목을 볼 때 어디인지 쉽게 드러나지만 말이지.

강릉의 과거 명칭, 명주

그렇다. 통일신라 시대 명주(溟州)는 다름 아닌 현재의 강릉이었다. 김주원은 왕위 계승에서 밀린 후 경주를 떠나 강릉으로 간 것이다. 그리고 그곳에서 은거했는데, 그의 후손들 중 일부는 통일신라 후반까지 꾸준히 중앙 권력에 진출하는 등 여전히 신라 내 손꼽히는 가문으로 지속하였다. 대표적으로 김주원의 아들인 김헌창은 경주에서 시중(侍中), 즉 지금의 총리 위치까지 역임하였고, 이후 자신의 세력을 모아 국사 시간에도 중요한 사건으로 배우는 '김헌창의 난'을 일으키기도 했다. 다음으로 김주원의 증손자인 김양은 장보고의 청해진에서 병력을 빌려 신라 왕이 모은 10만 대군을 단번에 물리치고 자신이 지원하는 원성왕 후손을 신라 왕으로 등극시켰다. 신무왕이다. 이후 김양은 신라 왕의 장인이자 총리 위치인 시중(侍中)이 되었다.

이렇듯 한때 신라 왕위까지 노리던 진골 가문이 그 기반을 강릉에 잡은 것은 일대 사건이었다. 철저한 중앙 집권을 통해 진골 귀족 대부분이 경주에 살던 시기, 매우 이례적인 일이었을 테니까. 그렇게 세월이 지나고 지나 어느덧 신라의 통제가 빠르게 무너지는 시기가 온다. 중앙 권력이 약해진 만큼 반대로 지방 곳곳에는 호족들이 등장하여 세력을 키웠는데, 신라가 무너지고 고려가 세워지자 이들은 다른 세력과 구별하기 위해 시조의 거주지를 본관(本貫)으로 거기에 성씨를 더하여 '본관 + 성씨' 를 구성하기 시작했다.

그러자 강릉에 있던 김주원의 후손들 역시 고려시대를 거치며 '본관 강릉 + 성 김' 을 합쳐 강릉 김씨가 된다. 이 과정에서 김주원은 후손들에 의해 강릉 김씨의 시조로 자리매김된다. 그렇다면 이들은 먼 조상으로 더 올라가면 태종무열왕 김춘추의 후손이자 신라 왕의 후손이라는 의미이기도 했다. 당연히 강릉 김씨 후손들은 이러한 남다른 가문의 뼈대에 큰 자부심을 가졌다.

세월이 더 흘러 조선 시대 들어와 강릉 김씨 중

김시습(金時習, 1435~1493년)이 한양에서 태어났다. 관직에 오르지 않은 인물임에도 불구하고 그에 대한 일대기는 강릉 출신인 율곡 이이(栗谷 李珥, 1536~1584년)가 선조의 명에 따라 1582년에 집필한 김시습전(金時習傳)이 있어 어느 정도 행적을 따라가볼 수 있다.

그는 어릴 때부터 신동이라 불려 소문을 확인하고자 세종대왕이 궁으로 불러 만나볼 정도로 뛰어난 재주를 가지고 있었다. 이때 김시습 나이 5살이었다. 하지만 과거 시험을 공부하고 있던 어느 날 수양대군이 계유정난(癸酉靖難, 1453년), 즉 쿠데타를 통해 권력을 얻자 울분이 생겼는지 앞길이 창창한 21살의 나이에 입신양명을 포기하고 머리를 깎고 승려의 길을 선택한다. 무려 사흘간 방문을 닫고 울더니 아끼던 서적을 다 불태우고 한 결정이었다. 조카인 단종을 힘으로 굴복시키고 권력자가 된 수양대군을 마음으로 인정할 수 없었던 것이다. 특히 유교 국가에서 승려가 된다는 것은 사실상 모든 것을 버리겠다는 선언과 마찬가지였다. 그러곤 10년 동안 전국을 돌아다니며 고승을 만나고 시를 쓰며 살아갔다.

율곡의 김시습전에는 해당 내용이 없지만 조선 후기 기록인 《연려실기술(燃藜室記述)》에 의하면

사육신(死六臣)의 시신을 수습하여 매장한 인물도 다름 아닌 김시습이라 한다. 1456년 성삼문, 박팽년, 하위지 등이 단종을 복위시키기 위해 왕이 된 수양대군, 즉 세조를 제거하려다 잔인한 죽임을 당한다. 이때 서슬 퍼런 당대 권력이 두려워 그 누구도 버려진 시신을 건드리지 못했는데, 김시습이 이들의 무덤을 만든 것이다. 물론 《연려실기술》이 그동안 전해오던 조선의 야사 내용도 함께 정리한 책인 만큼 100% 진실인지 확신하기 어렵지만.

그러다 30세인 1464년부터 김시습은 경주에 도착하는데, 긴 방랑을 끝내고 7년 간 경주에 정착하고 살았다. 이때 그는 한반도 최초의 한문 소설인 《금오신화(金鰲新話)》를 쓰는 등 오랜만에 편안하고 만족하는 삶을 지냈다. 그렇게 경주에 살던 어느 날 그는 자신의 뿌리인 김주원의 집터를 방문한다.

원성왕과 김주원이 서로 왕위를 양보할 때(元聖周元相讓時)

장맛비로 북천의 물이 넘쳐 끝이 없었네(北川霖雨漲無涯)

백이숙제와 태백만 어찌 아름다운 소문을 독점하랴(夷齊太伯那專美)

천 년 전부터 강릉에는 오랜 사당이 남아 있네

(千古江陵有舊祠)

《유금오록(遊金鰲錄)》 북천 김주원 공지(北川 金周元 公址)

이곳에서 김시습은 위의 시를 남겼는데, 왕위 다툼을 하지 않고 강릉으로 조용히 물러난 자신의 조상, 김주원을 크게 높이면서 백이와 숙제, 태백 등과 비교한 것이다. 이들은 권력을 멀리하고 은둔한 대표적 인물이기도 했다. 즉 다른 말로 왕위를 찬탈한 수양대군에 대한 비판 의식이 담긴 시이기도 했다. 한반도 역사를 보니, 왕위 계승권 1위임에도 원성왕이 권력을 잡자 조용히 물러난 김주원이 있었는데, 지금의 조선은 이미 왕이 된 조카를 물러나게 하고 삼촌인 수양대군이 왕이 되다니, 안타깝다는 의미였다.

이렇듯 강릉 김씨이자 한양에서 태어난 김시습이 먼 경주에 자리 잡게 된 이유는 세상에 대한 불만과 한을 먼 조상의 흔적이 남아 있는 경주에서 풀고자 하는 마음이 생겼기 때문이 아닐까? 그만큼 김시습에게 강릉 김씨의 시조인 김주원은 무척 의미 있는 인물이었던 것이다.

음, 원성왕릉에서 이야기 진도를 빼다보니, 생각이 바뀌었다. 실은 오늘 나는 원성왕릉을 보고 난 후 최치원의 흔적이 남아 있는 숭복사지까지 걸어서

슬슬 가볼까 했었거든. 그런데 이야기가 점차 다른 길로 가다보니, 김주원과 강릉 이야기가 더 궁금해지기 시작하는걸.

그래. 이 김에 기존 계획을 이쯤해서 멈추고 강릉으로 가봐야겠다. 경주야 다음에 또 오면 되니, 이번에는 강릉으로 간 김주원 이야기를 쫓아보자. 물론 새롭게 잡은 여행을 통해 《신증동국여지승람》에 등장하는 김주원이 받았다는 '명주군왕' 이라는 칭호가 실제로 존재했는지도 살펴보고 말이지. 급히 스마트폰을 꺼내 본다. 지금 시간이 9시가 다 되어가니까, 카카오맵에 의하면 버스가 언제 오려나?

2

포항을 거쳐

새로운 스케줄

음. 큰일이다. 시간을 확인해보니 10분 뒤 괘릉 입구 정류장에서 버스를 타야 경주시외버스터미널로 갈 수 있다. 부지런히 이동해야겠군. 원성왕릉에서 버스 정류장까지 약간 거리가 있으니까.

어릴 적부터 걷는 것은 자신 있는 만큼, 빠른 걸음으로 걸으면서 계획을 짜보자. 오죽하면 초등학교 때부터 나는 도보를 따라 책을 들고 읽으면서 학교까지 걸어갔었다. 그 습관은 지금도 남아서 작은 책을 들고 읽으면서 관악산 등산을 한다. 1000번 넘게 관악산 등산을 한 만큼 익숙한데다, 흙을 따라 평탄하게 올라가는 1.5km 정도의 길에서 말이지. 실제로 천천히 등산하면서 읽으면 진짜 글이 잘 읽힘.

해본 사람은 아마 잘 알 텐데. 음.

어쨌든 우선 경주시외버스터미널로 간 뒤 포항으로 가야겠지. 예전에는 경주에서도 강릉을 포함하는 강원도 동해안 도시로 가는 버스가 있었는데, 근래 몽땅 다 사라졌거든. 덕분에 포항을 가야만 비로소 강원도 동해안 도시로 가는 버스를 탈 수 있다. 다행히 경주시외버스터미널에서 포항시외버스터미널까지는 거의 20분 간격으로 버스가 다니니까. 이렇듯 경주와 포항은 서로 연결이 잘 되어 있는 도시다. 경주에 사는 분과 이야기해보니, 직장은 포항에 있지만 집은 경주에 있는 분들이 무척 많다고.

휴, 정류장에 도착. 스마트폰을 꺼내 카카오맵을 눌러보니, 1분 20초 뒤 버스가 도착한다. 무려 20초까지 확인해주다니, 확실히 IT 시대가 되니까 편리한 것은 분명한데, 이상하게 여행이 더 급하고 바빠지는 것 같다. 예전에는 천천히 도착하여 즐기다 버스가 오면 오는 대로 안 오면 안 오는 대로 그 자체를 즐기는 여행을 했었다. 그러나 IT 기술이 발달하여 폰으로 모든 정보를 바로바로 확인할 수 있게 되자 가능한 한 효율적으로 더 많은 것을 보려는 여행방식으로 바뀌고 있네. 물론 IT 기술 발전 덕분에 대중교통 이용이 무척 편해지기는 했다. 시간에 맞추어 딱딱 이동이 가능하니까.

가방에서 토마토 주스를 꺼내 마시다보니, 저기 버스가 오는군. 타자. 경주시외버스터미널까지 45분 정도 걸린다. 그렇다면 도착하면 10시 정도 되겠군. 그럼 10시 10분 포항으로 가는 버스를 타고, 10시 40분에 포항에 도착한 뒤 11시 20분 버스를 타고 강원도로 이동하면 되겠다. 스마트폰을 보며 시간표 다 정리. 체력 회복은 중간중간 버스 안에서 쉬면서 충전하자.

금오신화

버스는 열심히 달린다. 창가를 보니 저 멀리 토함산을 지나 어느덧 남산을 지나는구나. 참! 저기 남산에서 다름 아닌 본관이 강릉 김씨인 김시습이 머물면서 《금오신화》를 썼었지.

재미있는 점은 제목인 《금오신화(金鰲新話)》에서 금오(金鰲)는 경주 남산의 금오봉을 의미하고, 신화는 신화(神話)가 아니라 신화(新話)라는 것이다. 즉 신(神)의 이야기가 아니라 새로운 이야기라는 뜻을 가지고 있다. 그렇다면 금오신화란 김시습이 경주 남산에서 쓴 새로운 이야기라는 제목이라 하겠다. 현재는 〈만복사저포기〉, 〈이생규장전〉, 〈취유부벽정기〉, 〈남염부주지〉, 〈용궁부연록〉 등 5편이

수록되어 있으나 본래는 이보다 내용이 더 많았던 것으로 추정한다.

남아 있는 이야기를 대략 소개한다면

1. 만복사저포기(萬福寺樗蒲記)

남원의 만복사에 기거하던 양생이 부처님과 주사위 놀이를 하다 이겨서 소원으로 여자를 만나게 된다. 그런데 소개받은 여자가 왜구 침입 때 죽은 귀신이었다.

2.이생규장전(李生窺牆傳)

이생은 사랑하는 최씨와 결혼하였지만 홍건적의 난으로 최씨가 죽게 된다. 훗날 폐허가 된 집에 최씨가 나타나자 이생은 죽은 사람임에도 불구하고 함께 살아가게 된다. 몇 년 후 최씨가 떠나고 이생도 그리워하다 죽음을 맞이한다.

3.취유부벽정기(醉遊浮碧亭記)

홍생은 평양의 부벽정에 올라 시를 읊었는데, 선녀가 된 기자의 딸을 만나 사랑하게 된다. 여기서 기자는 위만에게 나라를 뺏긴 고조선의 기자를 의미한다. 그러나 여인은 얼마 뒤 다시 하늘로 돌아갔다.

4. 남염부주지(南炎浮洲志)

경주에 사는 박생이 꿈을 꾼다. 천당과 지옥의 존재를 의심하던 그는 꿈에서 염라대왕을 만나 현실에 대한 비판과 함께 왕으로서 지켜야 할 도리를 들었다.

5. 용궁부연록(龍宮赴宴錄)

고려 시대 때 한생이라는 선비가 용왕의 초대를 받아 용궁으로 가서 용왕의 딸이 살 곳의 상량문(새로 지은 집의 내력과 날짜를 써둔 글)을 써주고 융숭한 대접을 받는다.

등이다. 이렇듯 지금 눈으로 보면 판타지 소설의 일종이라 하겠다. 한편 금오신화는 특정 작가가 소설로 집필한 것으로서 한반도 최초라 평가하지만, 작가 미상으로 이와 유사한 구조의 이야기는 오래전부터 수없이 존재했었다. 그중 많은 숫자는 이미 사라졌지만 다행히도 《삼국사기》, 《삼국유사》, 《고려사》 등에 일부 내용이 여전히 남아 있거든.

대표적으로 꼽는다면 〈토끼와 거북이〉, 즉 용왕에게 토끼 간을 주기 위해 거북이가 육지로 온 이야기가 있겠군. 〈별주부전〉으로 유명한 이 이야기는 놀랍게도 《삼국사기》 김유신 열전에 나오는 것이 최

경주 남산. 사진 게티이미지

초의 모습이다. 무려 삼국 시대부터 인기리에 이어져온 이야기라는 의미. 혹시 〈별주부전〉에 대해 더 자세한 이야기가 궁금한 분은 《일상이 고고학, 나 혼자 가야 여행》 288페이지부터 확인해보자.

그런데 창밖을 잠시 보며 풍경을 구경하다보니, 맞다, 기억이 난다. 아~ 그래. 마침 그 이야기가 있었지. 지금 여행과 연결할 만한 이야기가 생각나는 걸.

명주가

명주(溟州)에 전해지는 이야기다. 어떤 서생이 여기저기 떠돌면서 공부하다가 명주에 이르러서 한 양갓집 딸을 보았는데, 아름다운 얼굴에 글도 꽤 알았다. 서생이 시로 그 여자를 꼬드겼더니 여자가 말하기를, "여자는 함부로 사람을 따르지 않습니다. 서생께서 과거에 급제하기를 기다렸다가 부모님의 허락이 있다면 일이 이루어질 수 있을 것입니다."라 하였다.

서생이 수도로 돌아가서 과거 공부를 익히는 중에, 여자의 집에서는 사위를 들이려고 하였다. 여자가 평소에 연못에 가서 물고기에게 밥을 주곤 하였기에, 물고기는 기침 소리를 듣기만 하면 꼭 나와서 밥을 먹었다. 여자가 물고기에게 밥을 주면서 말하기를 "내가 너희들을 기른 지 오래되었으니 당연히 나의 마음을 알 것이다."라면서 편지를 던졌더니, 큰 물고기 한 마리가 뛰어올라 편지를 입에 물고는 유유히 사라졌다.

서생이 수도에 있던 중, 하루는 부모를 위하여 반찬을 마련하려고 물고기를 사가지고 돌아왔는데, 물고기의 가른 배 속에서 명주에서 여자가 쓴 편지를 얻었다. 놀라고 기이하게 여겨 즉시 명주에서 온 편지와 아버지 편지를 가지고 길을 가로질러 여자의 집으로 갔더니, 여자의 부모가 뽑은 사위가 이미 문에 도착한 상황이다.

서생이 편지를 여자의 집안 사람들에게 보여주고는 드디어 이 곡을 노래하였다. 여자의 부모가 기이하게 여겨 말하기를, "이는 정성에 감동된 것이지, 사람의 힘으로 할 수 있는 일이 아니다."라고 하고, 그 사위를 돌려보내고 서생을 받아들였다.

《고려사》 지(志) 권25 악(樂)2 삼국속악 고구려 명주가(溟州歌)

명주, 즉 강릉에 한 여자가 있었는데, 수도에서 온 서생이 반하자 "과거를 합격"해야 만날 수 있다 하였다. 그러자 서생은 수도로 돌아가 열심히 공부했는데, 마침 강릉의 여자 집에서 사위를 들이려 하였다. 이에 여자가 슬퍼하며 물고기를 통해 서생에게 편지를 보내자, 진짜로 편지를 받은 서생이 강릉으로 달려왔다. 여자의 부모는 이를 보고 놀라워하며 사위를 돌려보내고 서생과 딸을 결혼시켰다.

이 이야기는 이후 꾸준히 살이 붙고 발전하여 조선 후기 들어와 남원을 배경으로 하는 〈춘향가〉에 영향을 준 것으로 보고 있다. 실제로도 유사한 스토리텔링이니, 수도에서 온 남자가→한 지역에서 여자를 만나고→과거에 합격하기 위해 남자가 수도로 돌아간 사이→새로운 정적이 등장했으나→때마침 돌아온 남자와 여자가 결국 결혼하는 해피엔딩이 바로 그것이다.

헌데 이 이야기를 《고려사》에서는 다름 아닌 고구려의 음악으로 정리해두었다. "삼국속악 고구려 명주가(溟州歌)"라는 제목 아래 배치한 것이 그 증거지. 〈춘향가〉의 기반이 판소리인 것처럼 당시에는 이런 이야기를 노래로 즐겨 불렀던 모양이다.

하지만 1. 명주는 신라 시대 지명이지 고구려 지명이 아니었다. 고구려는 강릉을 하슬라(何瑟羅)라 불렀기 때문. 2. 고구려는 과거 시험 제도가 없었다. 과거 시험은 고려 시대인 958년부터 도입된 것이니까. 3. 다만 통일신라는 원성왕 시대인 788년부터 독서삼품과(讀書三品科)를 시작했으니, 이는 다름 아닌 과거 시험의 선구적 형태였다. 즉 《고려사》에 넣으면서 독서삼품과를 과거 시험으로 바꾸더라도 큰 무리는 아니라는 의미. 4. 고려 시대에는 강릉을 동원경(東原京), 하서부(河西府), 명주도독부(溟州都督府), 강릉대도호부(江陵大都護府) 등으로 계속 변경하여 불렀다. 반면 통일신라 시대에는 명주로 정한 뒤로 변화 없이 쭉 이어졌다.

이에 지금은 학계에서 명주가를 고구려 음악이 아닌 통일신라 음악이라 보는 의견이 강하니, 이런 생각은 이미 조선 시대에도 그러했던 모양이다. 조선 후기 왕의 명으로 제작된 백과사전의 일종인 《증보문헌비고(增補文獻備考)》에서도 해당 곡이 소개되는데, 이때 다음과 같은 설명이 부칙으로 붙었거든.

> 신이 삼가 살펴보건대, 《여지고(輿地考, 1770년 편찬)》에 이르기를 "명주(溟州)는 바로 고구려가 망한 뒤에 신라 때에 둔 곳이니, 이 곡은 마땅히 신라 악부(樂府)에 붙여야 할 것이다."라고 하였는데, 삼가 살펴보건대, 고구려 때에는 애초에 과거가 없었으니 "과거에 뽑히고, 과거 공부를 하였다."는 등의 말은 아마도 고구려 때의 일이 아닐 듯합니다. 의심컨대 이는 고려의 악인 듯싶습니다.
>
> 《증보문헌비고》 권106 악고 17 속악부

이처럼 조선 시대에도 명주가를 통일신라 또는 고려의 음악으로 보았던 것이다. 나는 개인적으로 이야기 속 배경을 상세히 뜯어볼 때 통일신라 시대 음악일 가능성이 더 높다고 생각하고 있다. 아무래도 통일신라 시기 경주에서 자신들이 통치하고 있는 여러 지역의 문화와 풍경을 소개하는 방식으로 인기리에 불리던 노래가 아니었을까? 반대로 강릉에서 즐겨 부르던 노래일 수도 있겠고. 그렇게 보면 이야기 속 서생이 여자의 말을 듣고 공부하기 위해 돌아간 장소는 다름 아닌 경주였던 것이다.

한편 이야기 속 남자를 서생(書生)이라 불러 단순히 유학을 공부하는 젊은이라고 생각할 수 있지만, 신라 시대 관직으로 서생이 정말로 존재했다는 사실. 당시 경주 내 공영 시장에 위치하며 물가, 물량 등을 관리하던 부서의 4두품 말단 관원이 바로 그것이다. 즉 명주가 이야기 속 서생은 진짜 관직으로서 서생일 가능성도 충분하다. 그렇게 보면 서생이 부모를 위한 반찬으로 물고기를 사 집으로 돌아왔다는 이야기 역시 그가 시장에서 일하던 모습을 묘사했던 것일 수도. 그렇담 통일신라 시대 사람들은 서생이 물고기를 샀다는 부분을 노래로 들으면서 크게 웃음이 났을지도 모르겠다. 마치 일을 끝내고 돌아가는 직장인의 고단함을 묘사한 것으로 느껴졌을 테니까.

자, 이렇듯 말단 관원이라 해석한다면 그가 왜 과거 시험을 공부했는지 살펴보자.

이는 통일신라 시대 국학(國學)과 독서삼품과(讀書三品科) 제도와 연결된다. 682년 설립된 국학은 박사와 조교가 있어 유교 경전 및 수학을 집중적으로 교육시켰는데, 이 중 특히 수학을 공부시킨 이유는 세금 및 정부의 재정 운영 등에 있어 숫자 계산이 반드시 필요했었기 때문이다. 즉 국학이 단순히 유교 공부를 위한 제도가 아니라 관료를 뽑기 위한 제도로서 운영되었음을 보여준다.

그런데 국학의 흥미로운 점은 학생을 뽑는 조건에 있었다. 15~30세에 이르는 사람 중 '관위가 없는 이'도 재주가 있다면 공부시킬 수 있도록 한 것이다. 또한 학교를 졸업하면 최소 대나마에서 나마까지 관등을 받도록 하였다. 대나마는 10번째, 나마는 11번째 관등으로 5두품에 해당했다. 이는 곧 학교를 졸업한다면 관위가 없던 이도 5두품으로 인정받았음을 의미하며, 결국 국학이 5두품을 만드는 제도로서 운영되었음을 보여준다. 또한 5두품 관등을 받으면 중앙 관료 외에도 지방 관료로서 현령 및 주(州) 장관인 도독을 보좌하는 관원으로도 파견될 수 있었으니, 그만큼 중요한 임무가 부여된다는 뜻이기도 했다.

여기에 788년에는 독서삼품과까지 도입되었다. 이는 유교 경전 독해 능력에 따라 상(上)·중(中)·하(下)의 3등급으로 구분해 채점 후 발표한 시험으로, 이를 통해 성적이 우수한 자는 "차례를 뛰어넘어서 발탁해 등용했다"고 기록할 정도였다. 차례를 뛰어넘는다는 것은 그동안 국학 졸업 시 5두품 관직을 기본적으로 부여했던 만큼 독서삼품 시험에서 상(上)에 올라간 이는 그 이상도 가능했다는 의미라 하겠다. 마치 조선 시대에도 과거 시험 성적에 따라 갑, 을, 병으로 나누고 이 중 갑의 경우 더 높은 등급의 관직에서 시작하는 것과 마찬가지.

이렇게 보니, 이야기 속 서생은 자신이 현재 4두품 말단 위치에 있었던 만큼 독서삼품과를 통해 그보다 더 높은 지위에 올라가고자 했던 모양이다. 그 과정에서 강릉에서 여자를 만나 다시금 공부에 열중하는 계기를 얻고 경주로 돌아갔던 것. 뿐만 아니라 《삼국사기》, 《삼국유사》를 보면 경주와 강릉을 왔다갔다하는 신라 인물의 이야기가 유독 많이 남아 있다. 이는 곧 이 시기 경주와 강릉 간 심리적 거리가 그다지 멀지 않았다는 의미. 물고기를 통해 편지를 주고받은 것 역시 이처럼 심리적인 가까움을 표현한 것일지도 모르겠군.

그런데 통일신라 음악인 명주가는 조선 시대 들어와 강릉에서 새로운 살이 붙으며 몇 차례 변화가 더 생긴다. 그 과정에서 다름 아닌 강릉 김씨 시조인 김주원과 명주가가 연결되었으니, 그것이 어떤 모습이었냐면….

어이쿠. 이제 버스에서 내릴 때가 되었네. 경주시외버스터미널 안으로 들어가서 표를 끊고, 포항으로 가야 한다. 마음이 급해진 만큼 이후 설명은 나중에.

경주에서 포항으로

자, 포항으로 가는 티켓도 끊었으니, 지금부터 강릉 김씨의 시조 김주원이 경주를 떠나 강릉으로 이동한 과정을 따라가보자. 당연히 당시에도 김주원은 경주를 떠나 맨 처음 포항으로 이동했을 것이다. 그리고 지금과 마찬가지로 포항에서 동해안을 따라 북으로 쭉 올라가면 명주, 즉 강릉에 도착할 수 있었다.

경주시외버스터미널에서 버스를 타자마자 피곤한지 눈을 감고 조금 자다보니 금방 포항에 도착했네. 폰을 꺼내 시간을 확인하니 오전 10시 40분이다. 기지개를 펴고 버스에서 내린다. 이곳은 딱 보기에도 오래돼 보인다. 터미널의 규모는 꽤 큰 편인데,

하늘색 기와에 약간 누리끼리한 터미널 벽을 보면 1970~80년대 분위기가 물씬 풍긴다. 터미널 안에는 많은 가게들이 있으며 역시나 대부분의 간판 형태와 색 역시 과거 느낌이 강하다. 그래서인지 몰라도 포항 시외버스터미널에 오자, 마치 과거로 타임머신을 타고 온 듯하네.

그럼 티켓을 사러 이동해볼까나. 이곳에서 오전 11시 20분 버스를 타고 강릉으로 가면 되는데, 오! 그래. 버스 시간표를 보다보니, 이번에 강릉을 여행하는 김에 신라 시대의 실직주(悉直州), 즉 삼척에 먼저 들렀다 강릉으로 갈까? 강릉 가는 버스가 어차피 중간에 삼척시에도 서니까. 마침 강릉 김씨 시조인 김주원 역시 포항에서 삼척을 들른 후 강릉으로 갔을 테고말이지. 그만큼 이 시기 삼척은 무척 중요한 지역이었거든.

의식의 흐름에 따라 큰 고민 없이 삼척 표를 끊었다. 포항에서 삼척까지는 약 3시간 30분 정도 걸리기 때문에 도착하면 오후 2시 50분에서 3시 정도 되겠군. 이번에 제대로 동해안 도시를 하나하나 구경해야겠다. 출발하려면 아직 30분 이상 남아 할 일이 없으니, 편의점으로 가서 빠다코코넛과 초코 우유를 샀다. 밖으로 나가 천천히 먹고 터미널로 들어와야지.

포항의 공기를 마시며 과자를 먹고 있자니 기억났다. 아! 맞다. 아까 명주가(溟州歌) 이야기를 하다 중간에 멈췄었지. 이야기를 이어가자면, 강릉에 가면 명주가의 여주인공이 물고기를 통해 서생에게 편지를 보낸 연못 자리가 정말로 존재한다. 그리고 1930년 그 장소에 월화정(月花亭)이라는 정각이 세워졌다. 이는 강릉 김씨 후손들이 시조 김주원을 기념하기 위해 만든 것이다. 이 역시 명주가와 김주원 간에 분명 어떤 연결점이 있다는 증거겠지?

상황이 이러하니 이곳 포항에서 이야기를 이어가는 것보다 아예 강릉에 가서 하면 훨씬 실감이 날 것 같다. 그렇다면 명주가의 나머지 이야기는 잠시 기다렸다가 내일 강릉에 도착한 후 월화정에서 이어가도록 하자. 그럼 강릉에 가면 '명주군왕' 과 '명주가' 를 함께 살펴봐야겠군.

대신 여기서는 신라 비석에 대한 이야기를 잠시 해보려 한다.

3

삼척으로 가는 길

포항에서 출토된 신라 비석들

이곳 포항에서는 지금까지 두 개의 신라 비석이 발견되었다. 이 중 포항 냉수리 신라비(浦項冷水里新羅碑)는 1989년 밭갈이하던 중 밭에서 발견되었고, 포항 중성리 신라비(浦項中城里新羅碑)는 2009년 도로 공사 중 발견되었다. 이렇듯 둘 다 정말 우연한 기회에 발견되어 우리에게 돌아왔으니, 참으로 하늘이 도운 용한 일이다. 두 개의 신라 비석 모두 발견한 지 얼마 안 되어 국보로 지정되었다.

이를 미루어볼 때 포항에 신라 비석이 더 있을 가능성이 높다. 앞으로 포항에 갔는데, 돌이 적당한 크기에다 한 면이 펀펀하여 글을 새기기에 좋아 보인다면 집중하여 눈에 불을 켜고 살펴보자. 혹시 글이

포항 중성리 신라비. 국립경주박물관. ©Park Jongmoo

포항 냉수리 신라비. ©Park Jongmoo

새겨져 있다면 신라 것일지도 모르니까. 참고로 국보급 유물을 발견할 경우 국가에서 보상까지 나온다는 사실. 운 좋게 신라 비석을 찾는 순간 대략 5000만 원의 현금이 보상으로 생긴다고 보면 된다. 로또 2위 금액과 유사하니, 갑자기 눈에 불이 켜지지? 지금 나도 사실 단순히 과자를 먹는 것이 아니라 눈은 주변 돌들을 유심히 살펴보고 있는 중. 이런 장소에서 나올 가능성은 0%에 수렴하겠지만.

한편 학계에서 문장을 해석한 결과 포항 중성리 신라비는 501년, 포항 냉수리 신라비는 503년 제작한 것으로 파악한다. 이는 현재까지 발견된 신라 비석 중 가장 오래되었다. 그런 만큼 중요한 정보가 가득 들어 있는데, 중요도만큼 지금까지 관련 논문도 엄청나게 많이 나왔다.

간략히 살펴보자면 두 비석 모두 포항 지역의 재산과 관련한 다툼을 두고 경주 6부 중 일부가 참가한 회의 및 그 결론을 새겨둔 것이다. 마침 《삼국사기》와 《삼국유사》에는 경주에 본래 6촌(六村)이 있었으나, 이를 나중에 6부(六部)로 고쳤다는 기록이 있거든. 이는 워낙 유명하여 학창 시절 국사 시간에 언급되는 내용이기도 하지.

즉 포항에서 출토된 신라 비석이 501년, 503년에 제작된 만큼 신라에 부(部) 제도가 최소 5세기 시점에는 자리 잡았음을 뒷받침하는 중요한 고고학적 증거물이 된다. 비석 내용에 따르면 부(部)를 중심으로 한 상당한 수준의 정치, 제도화가 이미 구축되어 있었으니까.

두 비석을 통해 다음과 같은 정보를 얻을 수 있었다.

1. 경주 6부 중 훼부와 사훼부는 "신라 왕(또는 갈문왕)—아간지(阿干支)—일간지(壹干支)—거벌간지(居伐干支)—나마(奈麻)" 등의 복잡한 관등 체계가 있었다. 반면 경주 나머지 4부는 '간지(干支)—일벌(壹伐)', 그리고 지방 촌의 경우는 '간지(干支)—일금지(壹金知)'의 단순한 관등 체계를 보여주고 있었다. 즉 당시 복잡한 관등 체계는 경주 6부 중 훼부, 사훼부만의 모습이었다. 이는 우리가 학창 시절 국사 시간에 배운 신라 관등인 17등급에 따른 관등 체계의 초기 형태였던 것이다.

2. 그동안은 경주 6부 중 훼부에서 신라 왕이 배출되었고, 사훼부에는 갈문왕이 존재했었다.

3. 503년 시점, 사훼부 소속으로 등장하는 지도로(至都盧) 갈문왕은 다름 아닌 《삼국사기》에 500년 즉위로 기록된 지증왕(智證王)이다. 그렇다면 지증왕이 한동안 갈문왕 지위로 존재하다가 신라 왕이

되었음을 의미한다. 이는 곧 모종의 이유로 당시 신라 왕을 배출하는 곳이 훼부에서 사훼부로 바뀌었음을 보여준다.

자. 여기까지 정보를 바탕으로 해석을 더하면 다음과 같다.

두 비석이 만들어질 때만 하더라도 신라 왕은 나라를 상징하는 지배자이면서도 경주 6부 중 하나의 부(部)의 수장이라는 이중 지위를 가지고 있었다. 이는 곧 아무리 신라 왕이라 하여도 다른 부를 완벽하게 압도하는 힘을 갖추지는 못했음을 의미했다.

다만 왕과 갈문왕이 배출되던 훼부 또는 사훼부에서는 복잡한 관등 체계를 갖춘 반면, 나머지 경주 4부와 지방 촌은 "간지(干支)–하위 관리"의 이중 체계에 불과했다. 즉 신라가 신라 왕을 배출하던 훼부와 사훼부 중심으로 관등 체계가 점차 정리되면서, 우리가 국사 시간에 배운 17등급에 따른 관등 체계가 만들어진 것이다. 시간이 더 지나며 나머지 경주 4부는 독자적 체계를 포기하고 점차 훼부, 사훼부가 구축한 관등 안으로 편입된다.

이렇듯 한때 신라에는 신라 왕 이외에도 '갈문왕'이라는 또 하나의 존재가 있었다. 우리가 일반적으로 알고 있던 역사 관념과 많이 다르지? 그것은 우리가 그나마 익숙한 조선을 바탕으로 역사를 이해하면서 생기는 현상이 아닐까 싶군. 왕은 오직 한 명만 존재하던 조선 시스템에 익숙해져서 이질적으로 보일 뿐이다. 다만 신라의 갈문왕 제도는 7세기 후반 통일신라 시대로 들어오며 사라진다.

그렇다면 《신증동국여지승람》에 따르면 김주원이 원성왕에 의해 받았다는 '명주군왕' 역시 '갈문왕'과 유사한 개념일까? 글쎄. 음. 여행을 하면서 더 깊게 알아보기로 하자.

다시 버스를 타고

시간이 다 되어 신라 비석 찾기는 중간에 포기하고 다시 버스를 탄다. 포항에서 삼척까지 가는 버스 여행은 좀 오래 걸릴 예정이다. 체력 회복을 위해 중간중간 자며 가야할 듯. 얼마 전에는 강릉에서 부산까지 버스로 이동한 적이 있었는데, 5시간 30분을 훌쩍 넘어서 정말~ 엄청 지루하더라. 엉덩이에 종기 생기는 줄 알았음. 그에 비하면 이 정도야 뭐.

이처럼 일부러 고생하며 다양한 루트로 여행하는 이유가 뭘까? 글쎄. 한 지역을 다각도로 파악하려면 새로운 접근이 필요하다고 생각한다. 예를 들면 강릉을 수도권에서 가는 것과 경주, 부산에서 가는 건 느낌이 완전 다르거든. 마찬가지로 강릉에서

타 지역을 갈 때도 역시 그 느낌이 완전 달라. 이렇게 다양한 각도로 방문해보면 해당 지역의 새로운 점이 점차 눈에 보이더군. 지금도 경주에서 강릉으로 이동하기에 신라 시대 때 강원도 이야기를 자연스럽게 할 수 있는 것처럼 말이지. 그래서 나는 정말 다양한 방식으로 여행하는 것을 좋아한다.

어쨌든 버스 안에서 한숨 자기 전까지 이야기를 더 진행해보자.

앞서 포항 냉수리 신라비에 등장한 지증왕은《삼국사기》에 따르면 503년 10월, 자신의 칭호를 신라 국왕이라 정한다. 드디어 갈문왕에서 신라 국왕으로 등극한 것이다. 그리고 505년에는 지금의 삼척에 실직주(悉直州)를 설치하더니, 이사부(異斯夫)라는 젊은 인물을 군주(軍主)로 삼아 파견하였다. 이때 이사부는 내물왕 4세손으로서, 지증왕이 내물왕 3세손이니 항렬로 아들뻘 친족이었다. 당연히 이사부 역시 신라 왕의 명에 따라 군단을 이끌고 지금의 나처럼 경주에서 포항을 거쳐 삼척으로 이동했을 테다.

> 여름 6월에 우산국(于山國)이 항복하여 복속하고, 해마다 토산물을 공물로 바쳤다. 우산국은 명주(溟州: 강릉)의 정 동쪽 바다에 있는 섬으로, 혹은

울릉도라고 부른다. 땅은 사방 100리인데, 지세가 험한 것을 믿고 복종하지 않았다.

이찬(伊飡) 이사부(異斯夫)가 하슬라주(何瑟羅州: 강릉) 군주(軍主)가 되어 이르기를, "우산국 사람들은 어리석고도 사나워서 힘으로는 불러들이기 어렵겠지만, 꾀를 쓰면 굴복시킬 수 있다."라고 하였다. 이에 나무로 사자 모형을 많이 만들어 배에 나누어 싣고 그 나라 해안에 이르러 거짓으로 알리기를, "너희들이 만약 항복하지 않는다면, 곧 이 맹수를 풀어서 밟아 죽이겠다."라고 하였다. 우산국 사람들이 몹시 두려워 곧바로 항복하였다.

《삼국사기》 신라본기 지증왕 13년(512)

이 사건은 워낙 유명하여 한국인이라면 모르는 사람이 거의 없을 듯. 기록에 따르면 이사부는 505년, 실직주, 즉 삼척에 군주로 처음 파견되었다가 512년, 하슬라주, 즉 강릉에 군주로 있는 중 울릉도를 정복했다. 당시 울릉도에는 우산국이라는 나라가 있었는데, 이로써 신라의 속국이 된 것이다. 더불어 울릉도에 포섭되어 있던 독도 역시 신라의 영향력 안에 들어오게 된다. 그런 만큼 한반도 역사에서 지금까지도 매우 의미 있는 사건으로 남게 된다. 오죽하면 요즘은 '이사부 = 독도'로 잘 알려졌을

냉수리 신라비에 쓰여 있는 글씨. ©Park Jongmoo

정도.

문제는 이때 이사부의 관등이 의문이다. 우산국을 정복하는 등 놀라운 결과를 만들어낸 그는 당시 나이가 겨우 20대로 추정되거든. 그럼에도 불구하고 《삼국사기》에는 그에 대해 이찬(伊湌) 이사부(異斯夫)라 기록하고 있다. 이찬은 신라 17관등이 정립된 후 두 번째에 위치하는 대단히 높은 위치다. 이는 아무리 뛰어난 재주를 지닌 이도 20대에 얻기란 쉽지 않은 직위니까.

참고로 태종무열왕 김춘추에 이어 신라 왕이 된

후 삼국 통일의 업적을 세운 문무왕이 태자가 되기 직전에 지닌 관등이 파진찬으로 17관등 중 4번째였다. 하물며 왕이 될 차기 인물도 그 정도인데, 겨우 20대 나이의 이사부가 2등 관등을 가지고 있는 것은 얼핏 이해되지 않은 부분이라 하겠다.

그런데 마침 울릉도를 정복할 당시 이사부가 지녔던 관등을 알려줄 신라 비석이 하나 있다.

울진 봉평리 신라비

버스는 오른편으로 바다를 둔 채 신나게 달린다. 덕분에 중간중간 푸른 동해 바다가 펼쳐 보이는걸. 이는 7번 국도가 보여주는 장관으로 말로 표현하기 힘들 정도로 아름답군. 운 좋게 바다가 보이는 오른편 창가에 앉아 다행이다. 버스에서 잠을 자려던 계획도 포기할 정도로 훌륭하네. 이 맛으로 버스를 타는 거지. 암.

신나게 달리던 버스는 칠보산 휴게소에 들러 잠시 휴식을 취했다. 20분 뒤 출발한다고. 경부 고속도로의 거대한 휴게소와 달리 칠보산 휴게소는 아담하고 깔끔하다. 또한 바로 눈앞으로 바다가 보이는 뷰가 무척 매력적이다. 식당 메뉴를 보니 이것저것 먹고 싶은 것은 많으나 시간의 한계로 쉽지 않겠다. 우동이나 돈가스 하나 먹고 싶은데…. 이것이 바로 버스 여행의 아쉬움이지. 대신 귀신에 홀린 듯, 초콜릿을 하나 사서 바깥으로 나가 입으로 빠르게 구겨 넣기 시작했다.

초콜릿을 흡수하면서 살며시 바다를 보니, 자연스럽게 이곳이 거리상 울진과 가깝다는 생각이 떠오른다. 사실 울진은 1962년부터 경상북도 관할이 되었으며, 그 이전만 하더라도 강원도 관할이었거든. 그런 만큼 울진에 가까워지자 강원도에 더욱 가까이 온 느낌이 드는군. 그런데 울진 하면 생각나는 것이 무엇이 있을까?

울진 대게, 한울 원자력 발전소, 온천. 그리고 음, 유영국? 한국 추상화가 1세대인 유영국(1916~2002년)의 고향이 다름 아닌 울진이니까. 그래서 울진군에서는 유영국미술관을 만들겠다는 야심찬 계획을 꽤 오래 전부터 이야기하던데. 잘 진행되고 있으려나? 먼 곳에서도 일부러 사람이 방문할 정도의 뮤지엄을 만드는 것은 사실 간단한 일이 아니거든. 이와 관련한 책으로는 《컬렉션으로 보는 박물관 수업》이라는 책을 추천하고 싶다.

아참. 그리고 560년에 진흥왕이 다녀갔다는 글이 새겨진 울진 성류굴과 더불어 국보로 지정된 울진 봉평리 신라비(蔚珍鳳坪里新羅碑)가 있구나. 이는 지증왕의 아들인 법흥왕 11년(524)에 세워진 비석으로 1988년 논둑에서 공사 중 발견된 것이다. 마치 포항의 신라 비석처럼 우연한 기회에 얻은 유물이지. 이를 2011년부터 울진 봉평리 신라비 전시관을 만들어 전시 중. 방문해보면 정말 다양한 비석이 전시중에 있지만 울진 봉평리 신라비 외에는 많은 수가 재현품이다. 그럼에도 역사 설명이 충실한 만큼 방문할 가치가 충분하다. 어쩐지. 이전에 울진으로 갔던 기억이 나네. 이곳 휴게소에서 갑자기 울진이 생각난 이유가 다 있었다.

> 실지군주(悉支軍主: 실직군주) 훼부(喙部) 이부지(尒夫智) 나마(奈麻)
>
> 울진 봉평리 신라비

한편 울진 봉평리 신라비에는 흥미로운 내용이 담겨 있다. 다름 아닌 "실지군주(悉支軍主: 실직군주) 훼부(喙部) 이부지(尒夫智) 나마(奈麻)"라는 문장이 등장하기 때문이다. 이는 곧 실직군주로서 경주 6부 중 훼부 소속인 이부지라는 인물이 있는데, 그의 관등이 나마라는 의미다. 그런데 나마는 포항의 신라 비석에서도 등장하는 관등이라는 사실.

다시 기억을 상기시켜보면 "신라 왕(또는 갈문왕)—아간지(阿干支)—일간지(壹干支)—거벌간지(居伐干支)—나마(奈麻)" 구조가 501년, 503년에 제작된 포항의 신라 비석에서 등장하는 경주 6부 중 훼부와 사훼부의 관등 체계였거든. 이 중 서열의 가장 마지막이 나마(奈麻)인데 해당 서열에서 간지(干支) 글자가 들어가지 않은 유일한 관등이기도 하다.

헌데 이사부는 505년, 실직군주가 되었으니, 524년 시점의 실직군주 이부지는 그보다 뒤에 활동한 인물임을 알 수 있다. 그럼에도 불구하고 524년 군주였던 이부지의 관등이 나마라는 것은 이사부 역시 505~512년까지, 즉 실직 군주부터 하슬라주 군주 시절까지 관등이 나마였을 가능성이 높다는 의미. 결국 20대 시절 이사부는 《삼국사기》 기록대로 2등 관등인 이찬이 아닌 저 아래 나마 관등을 지니고 울릉도, 그러니까 우산국을 정벌했음을 알 수 있다.

그렇다면 당시 나마(奈麻)란 과연 어느 정도 위치의 관등이었을까? 나머지 이야기는 버스를 타고 다시 이어가야겠군. 초콜릿을 다 먹었더니 대충 휴식 시간이 다 된 것 같거든. 사람들이 하나둘 버스에 타기 시작하네.

울진 봉평리 신라비.

신라 관등제의 성립

학계의 다수설은 신라에 17관등이 어느 정도 정립된 시기를 법흥왕 7년(520) 시점으로 파악한다. 우선 역사서에 아래의 세 가지 기록이 남아 있기 때문.

봄 정월에 율령(律令: 법률)을 반포하고, 처음으로 벼슬아치의 관복에 붉은색과 자주색으로 위계(位階)를 제정하였다.

《삼국사기》 신라본기 법흥왕 7년(520)

보통(普通) 2년(521)에 성(姓)은 모(募), 이름은 진(秦)인 신라 왕(법흥왕)이 처음으로 사신을 파견하였는데, 백제를 따라와 방물을 바쳤다.

《양서(梁書)》 동이열전(東夷列傳) 신라

그 나라의 관직 이름에는 자분간지(子賁旱支, 1등 관등)·제간지(齊旱支, 3등 관등)·알간지(謁旱支, 6등 관등)·일고지(壹告支, 7등 관등)·기견간지(奇貝旱支, 9등 관등)가 있다.

《양서》 동이열전 신라

이렇듯 세 개의 기록을 종합해보면 법흥왕은 520년에 법률 반포와 더불어 관복 위계를 처음 제정하였고, 521년에는 양나라로 사신을 보냈다. 그런데 마침 양나라 역사서에는 법흥왕의 이름과 함께 신라 17관등 중 일부가 등장하니, 이는 당시 신라 측에서 보낸 사신들의 관등을 기록해둔 것으로 보인다.

다만 중국 측 한자 기록은 신라 사신의 발음을 바탕으로 자신들 기준에 맞추어 표기한 관계로 신라 측 한자 표기와 다른 점을 이해하자. 예를 들어 양나라 역사서에 모진(募秦)으로 기록된 법흥왕의 이름 역시 신라 측 기록에는 모즉(牟卽)이라 하거든. 이처럼 신라 측 발음을 듣고 중국에서는 자신에게 들리는 발음대로 한자를 대입하여 기록해둔 것이다. 지금도 소리를 표기하는 데 한자보다 뛰어나다는 한글로 외국 지명과 이름을 표기했음에도 실제 해당 지역 발음과는 다른 경우가 비일비재하니까. 예를 들면 뉴욕의 맨해튼의 경우에도 한글 표기와 달리 실제 발음은 '뉴요올크 맨햳' 에 가까우니 말이지.

관등에 대한 법흥왕 시대 유물로는 앞서 칠보산 휴게소에서 설명한 524년에 제작된 울진 봉평리 신라비가 있다. 이 신라 비석은 524년 경주 6부가 회의를 통해 울진 지역에서 발생한 문제를 해결하는 것이 주된 내용이다. 덕분에 법흥왕과 그 시대 갈문왕 및 6부 토의에 참가한 인원들이 대거 등장하는데, 포항 중성리와 냉수리 비석 때와 마찬가지로 인명 옆에는 관등이 함께 기록되었다. 이를 바탕으로 관등 체계를 살펴보면,

> 신라 왕(또는 갈문왕)—태아간지(太阿干支)—아간지(阿干支)—일길간지(一吉干支)—거벌간지(居伐干支)—태나마(太奈麻)—나마(奈麻)

가 그것이다. 포항의 신라 비석과 비교하면 단계가 좀 더 많아진 것을 알 수 있다.

여기에 신라 17관등 서열을 각각 대입해본다면 태아간지(5등 관등)—아간지(6등 관등)—일길간지(7등 관등)—거벌간지(9등 관등)—태나마(10등 관등)—나마(11등 관등)가 된다.

이를 앞서 양나라 기록에 언급되는 신라 관등과 합쳐보면 1, 3, 5, 6, 7, 9, 10, 11등 관등까지 구성할 수 있으니, 이로서 신라 17관등 중 상당 부분이 채워진다. 이를 바탕으로 법흥왕 시절에 17관등이 어느 정도 자리 잡았음을 파악할 수 있다. 다만 이 시대 관등에 대한 소수설의 반론도 존재하지만 여기까지 가면 너무 복잡해지니 패스.

그러나 이처럼 여러 단계의 관등은 여전히 경주 6부 중 신라 왕과 갈문왕이 소속된 부에서만 통하는 것이었다. 나머지 부는 "간지(干支)–하위 관리" 형식처럼 독자적으로 간지(干支)가 붙은 이들이 토의에 참가하고 있었으니까. 이렇듯 이번 524년 울진 토의에서도 신라 왕 또는 갈문왕이 소속된 부를 제외한 나머지 경주 부들은 포항 비석이 세워질 때와 마찬가지로 여전히 단순한 관등 체계를 유지했던 것이다.

그럼 여기서 의문이 생긴다. 훼부, 사훼부의 왕을 제외한 간지(干支)가 붙은 관등을 지닌 인물과 나머지 4개 부의 간지(干支) 간에는 서열이 어떻게 될까?

이 부분에 대한 대답 역시 울진 봉평리 신라비가 보여주고 있다. 마침 회의에 참가한 인물들을 서열에 맞추어 배치했거든. 그래, 이 김에 아예 봉평리 신라비의 시작 부분을 함께 읽어보기로 하자.

그 전에 알아둘 부분. 지금까지 따라오며 눈치 빠른 분은 이미 이해했겠지만 당시에는 인물을 기록할 때 '소속부 + 이름 + 관등' 순으로 표기했다. 그리고 이름에 성(姓)이 없던 시절이었으며 이름 뒤로는 지(智)를 붙였는데, 이는 아무개 님 할 때의 님을 의미한다. 예를 들면 이사부는 경주 6부 중 훼부 소속이었다. 즉 울릉도 정복 당시 20대 나이의 이사부는 '소속부 + 이름(님) + 관등' 표기법에 따라 '훼부 이사부지(智) 나마'라 불렸던 것이다.

아무래도 처음 읽어보는 분이 많을 테니, 보다 쉬운 이해를 위해 각 인물마다 / 표시를 하여 구분하도록 하겠다. 어차피 한글로 번역한 문장이니 두려워하지 말고 도전해볼까? 시작이 어렵지 해보면 익숙해진다. 암.

갑진년(甲辰年, 524) 1월 15일에 / 훼부(喙部) 모즉지(牟卽智) 매금왕(寐錦王) / 사훼부(沙喙部) 사부지(徙夫智) 갈문왕(葛文王) / 본피부(本波部) ▨부지(▨夫智) ▨간지(▨干支) / 잠훼부(岑喙部) 흔지(昕智) 간지(干支) / 사훼부 이점지(而粘智) 태아간지(太阿干支) / 길선지(吉先智) 아간지(阿干支) / 일독부지(一毒夫智) 일길간지(一吉干支) / 훼(喙) 물력지(勿力智) 일길간지 / 신육지(愼肉智) 거벌간

지(居伐干支) / 일부지(一夫智) 태나마(太奈麻) / 일이지(一尒智) 태나마 / 모심지(牟心智) 나마(奈麻) / 사훼부 십사지(十斯智) 나마 / 실이지(悉尒智) 나마 / 등이 교(教)한 바의 일이다."

울진 봉평리 신라비

자, 비석을 한 번 읽어보니 어떤 느낌인지? 이질적으로 보일지 모르나 이것이 다름 아닌 6세기 우리 선조들이 이름을 병기하던 방식이다. 읽다보니 부 표기가 안 된 인물들이 등장하는데, 같은 부 사람을 연속으로 표기하는 경우에는 부 표기를 생략했기 때문. 즉 앞서 부 표기가 된 인물과 동일한 부일 경우는 생략된 것이다.

이렇듯 울진 봉평리 신라 비석의 내용을 바탕으로 당시 회의에 참가한 서열을 보면 다음과 같다.

1. 훼부 모즉지(牟即智, 법흥왕 이름) 매금왕(신라 왕)
2. 사훼부 사부지(徙夫智, 법흥왕 동생) 갈문왕
3. 본피부 ▨부지(▨夫智) ▨간지
4. 잠훼부(岑喙部) 흔지(昕智) 간지
5. 사훼부 이점지(而粘智) 태아간지

….

여기서 알 수 있는 특이점은 서열 4위인 잠훼부(岑喙部)의 흔지(昕智)는 단순히 간지(干支)만을 지니고 있건만 태아간지(太阿干支)를 지니고 있는 서열 5위인 사훼부의 이점지(而粘智)보다 앞에 배치된 것을 확인할 수 있다. 이는 곧 훼부나 사훼부 즉, 신라 왕이나 갈문왕과 같은 부에 소속된 고위 인물의 경우 나머지 경주 4부의 대표자보다 낮은 서열로 인정됨을 의미한다.

이로써 앞서 의문이 해결이 되었다. 신라 왕 >갈문왕 >다음 서열은 간지(干支)를 지닌 4부 대표자들이고 >그 뒤로 신라 왕과 갈문왕 소속 부의 관등을 지닌 인물이었다.

이를 바탕으로 이사부의 20~40대 시절을 정리해보면,

1. 신라 6부 중 훼부, 사훼부를 중심으로 관등 체계가 구성되면서 신라 왕을 중심으로 한 중앙 집권 제도가 서서히 만들어지고 있었다. 2. 신라 왕은 소속 부가 있으며 나머지 4부 세력 역시 여전히 독자적 체계를 갖추고 있었기에 이들 부(部)에 간지(干支)를 가진 인물들은 독자적 권력을 지닌 실력자로서 인정받고 있었다. 3. 신라 왕과 갈문왕을 제외한 훼부, 사훼부의 고위층 인물은 나머지 경주 4부를 대

표하는 인물보다 공식적인 서열을 낮게 평가받았다.

이런 상황에서 10등 관등 태나마(太奈麻)와 11등 관등 나마(奈麻) 등은 간지(干支)가 들어간 관등보다 훨씬 아래에 위치한 실무를 집행하는 위치에 불과했다. 지금 눈으로 보자면 5급 공무원 정도 위치? 이는 곧 당시 이사부는 간지 관등을 지닌 인물들에 비하면 지위가 매우 약했음을 의미한다. 이사부 위로 경주 4부의 간지(干支)를 가진 인물부터 시작하여 훼부, 사훼부의 간지(干支)가 뒤에 붙은 관등을 지닌 인물까지 존재했으니까.

그렇다면 이쯤해서 새로운 궁금증이 생긴다. 이사부가 내물왕 4세손이라면 나름 진골(眞骨)이 아닌가? 학창 시절 국사 시간에 분명 진골에 대해 '진골 = 왕족' 으로서 특별한 계층이라 배웠는데 말이지. 이렇듯 신라에서 진골에 속한 인물임에도, 동일한 부는 그렇다 치더라도 다른 부의 간지(干支)를 지닌 인물보다 훨씬 아래의 대접을 받다니, 조금 이상하다는 느낌이 든다.

이유는 사실 간단하다. 이 시점에는 아직 신분 제도로서 진골이 완전히 자리 잡지 못했기 때문. 진골의 제도화는 이보다 시간이 조금 더 지난 후 구성되거든.

진골의 등장

버스는 어느새 울진을 넘어 삼척시로 들어왔다. 그래서인지 도로에 삼척이라는 글씨가 많이 보이네. 그러나 삼척시는 남북 길이가 무려 40km에 다다를 정도로 길거든. 어느 정도냐면. 아! 그래. 서울 종로에서 수원까지 거리보다 길다. 게다가 삼척시의 중심 도심은 삼척 영역의 가장 북쪽에 위치하고 있다. 그런 만큼 아직 버스에서 보낼 시간이 많이 남았다.

아름다운 바깥 풍경을 보다보니 잠이 안 오는 관계로 진골에 대한 이야기를 이어가볼까?

진골(眞骨). 정말 익숙한 단어다. 요즘도 성골, 진골, 6두품 등이 자주 언급되니까. 예를 들어 순혈주의 대학 문화에서 대학원을 다닐 때 성골은 학부가 동일한 사람, 진골은 다른 학부지만 같은 대학 출신, 6두품은 타 대학 출신. 이렇게 나누기도 하지. 이런 모습은 가히 국가적인 병(病)이라 불릴 만큼 심각할 정도로 순혈주의를 좋아하는 대한민국인지라 여러 사회 구조를 평가할 때마다 매번 등장한다. 그만큼 신분제로서 한국인들에게 가장 익숙한 고대 사회 제도 중 하나가 아닐까?

그런데 이러한 진골이 가장 처음 언급되는 기록은 다음과 같다.

> 사다함(斯多含)의 계통은 진골이다. 내물왕의 7대손이고, 아버지는 급찬(級湌, 9등 관등) 구리지(仇梨知)다.
>
> 《삼국사기》 열전 사다함

사다함. 화랑을 대표하는 인물로 기병 5000명을 이끌고 선봉으로 대가야 수도의 성문을 뚫으면서 큰 이름을 떨쳤다. 이때 이사부는 70대 중반의 나이로 사다함을 선봉으로 삼고 대가야 멸망을 위한 군단을 이끄는 장군이었다. 어느덧 혈기 넘치는 이를 뒤에서 지원하는 경력의 인물이 된 것이다. 이때 이사부의 관등이 이찬(伊湌)이었으니, 이는 곧 2등 관등에·해당한다. 결국 울릉도 정복 당시 혈기 넘치는 20대 이사부를 이찬으로 기록해둔 것은 그의 최종 관등이 이찬에 이르렀던 것을 바탕으로 소급 적용하여 정리한 흔적이다. 《삼국사기》에는 이런 경우가 종종 있거든.

한편 여기서는 사다함을 진골이라 표현한 것에 주목하자. 이는 가계를 설명하면서 진골을 강조했던 장면으로서 이것이 다름 아닌 진골이 언급된 기록 중 가장 이른 시점이다.

자~ 그렇다면 이제 시기를 잡아보자. 사다함은 법흥왕 다음 왕인 진흥왕 시절 활동했던 인물이다. 특히 562년 대가야를 무너뜨리는 데 큰 공을 세워 역사에 그 이름을 높이 남겼다. 이를 미루어볼 때 524년 세워진 울진 봉평리 신라비와 사다함이 활동한 562년 사이에 분명 진골이 등장했음을 알 수 있다. 그렇다면 이 사이에 과연 어떤 일이 벌어진 것일까?

신라의 성장과 신분 정립

국사 시간 때 배워 그 흐름을 알겠지만 5세기 신라는 계속된 정복 활동을 통해 주변 소국을 흡수하면서 그 규모가 갈수록 커져갔다. 이 과정에서 신라 왕과 연결되는 훼부, 사훼부가 큰 역할을 하였기에 신라 6부 내 두 부의 위상은 갈수록 높아졌다. 그러자 자연스럽게 훼부, 사훼부에서는 신라 왕과 갈문왕을 정점으로 다양한 관등이 생기는 분화가 일어났다. 이는 소국 흡수 과정에서 인구 유입 및 재산 확보가 경주 6부 중 훼부, 사훼부 중심으로 크게 증가하면서 생긴 현상이다. 특히 6세기 들어와 신라가 정복한 지방을 간접 지배에서 직접 지배로 운영하면서 이런 경향은 더욱 강해졌다.

그렇다면 당시 같은 부(部) 내 사람들은 처음부터 동일한 조상을 둔 핏줄이었을까? 글쎄. 이 부분은 남아 있는 정보가 부족하여 정확히 알기 힘들다. 다만 같은 부 안에서조차 간지(干支)가 들어간 관등을 지닌 인물들은 신라 왕도 함부로 대하지 못할 정도로 각기 상당한 규모의 독립적 재산과 인력을 지니고 있었던 것은 분명하다. 그러다 6세기 들어와 경주 6부 안으로 점차 간지(干支) 급으로 인정받는 주변국 출신 고위층까지 유입되기에 이른다.

> 금관국(金官國)의 왕 김구해가 왕비 및 세 아들, 즉 맏아들 노종, 둘째 아들 무덕, 막내아들 무력과 함께 나라의 창고에 있던 보물을 가지고 와서 항복하였다. 왕은 예로써 대우하고, 상등(上等)의 관등을 주었으며, 본국을 식읍으로 삼게 하였다. 아들 무력은 벼슬이 각간(角干: 1등 관등)까지 이르렀다.
>
> 《삼국사기》 신라본기 법흥왕 19년(532)

532년, 금관가야가 멸망하자 이처럼 신라에서는 마지막 금관가야 왕을 높게 대우했다. 항복한 금관가야 마지막 왕에게 본국을 식읍으로 삼게 하고 신라의 높은 관등을 주었을 정도. 자~ 그럼 이때 이들 가야계 일가는 경주 내 어느 부로 소속되었을까? 이

단양 신라 적성비. ©Park Jongmoo

는 또 다른 신라 비석에서 확인할 수 있다.

> 군주(軍主) 사훼부 무력지(武力智) 아간지(阿干支) / 추문촌(鄒文村) 당주(幢主) 사훼부 도설지(設智) 급간지(及干支)
>
> 단양 신라 적성비(丹陽 新羅 赤城碑) 550년경

어느덧 '소속부 + 이름(智: 님) + 관등'이 익숙해졌을 테니, 이제 위 문장을 한 번 보는 순간 바로 해석할 수 있겠지? 정답~ '군주는 사훼부 소속의 무력님이며 관등은 아간지(阿干支: 6등 관등)다'라는 의미다. 그런데 바로 이 인물이 《삼국사기》에 금관가야의 마지막 왕의 막내아들로 기록된 무력이라는 사실. 김유신의 할아버지이기도 하다. 이로써 금관가야 왕족들이 사훼부에 소속되었음을 알 수 있다.

마찬가지로 무력의 바로 옆에 등장하는 도설지(이름 = 도설, 智 = 님)는 촌(村)의 당주로서 소속부는 사훼부이며 관등은 급간지(及干支: 9등 관등)였다. 그런데 그는 다름 아닌 대가야 마지막 왕인 도설지왕이다. 신라와 대가야의 핏줄을 함께 가지고 있던 도설은 이처럼 한때 신라에서 지내며 장교로 활동하다가 신라의 외교로 인해 대가야 멸망 후 잠시 허수아비 대가야 왕이 되었다가 퇴위하거든.

단양 신라 적성비에 씌어 있는 글씨. ©Park Jongmoo

대중등(大衆等) 훼부(喙部) 이사부지(伊史夫智) 이간지(伊干支)

단양 신라 적성비

한편 단양 신라 적성비의 가장 앞부분에는 "대중등(大衆等) 훼부(喙部) 이사부지(伊史夫智) 이간지(伊干支)"가 등장한다. 문장 그대로 당시 귀족 회의를 주관하는 대중등(大衆等) 중 가장 높은 위치의 인물이 다름 아닌 훼부 소속 이사부이며 그의 관등은 이간지(伊干支) 즉, 이찬(伊湌)으로 2등에 위치했던 것이다. 이는 곧 당시에 60대 중반 나이의 이사부 주도 아래 금관가야계 무력과 대가야계 도설이 활동했음을 보여준다.

이처럼 경주 6부도 점차 다양한 종족이 유입되었으며, 이들도 신라 소속으로서 소속 부가 함께 병기되었다. 특히 무력과 도설은 각각 금관가야와 대가야의 왕족이었기에 그나마 구체적 기록이 남아 있는 것이지만, 당연히 다른 소국의 지배자들도 이와 마찬가지로 소속 부가 정해진 채 경주 6부로 적극 유입되었을 것이다. 이렇듯 최소한 6세기에는 동일한 부(部) 안에 소속되었다 하여 동일한 핏줄을 지닌 것은 분명 아니었다.

> 진흥태왕 및 중신들이 ▨▨을 순수(巡狩) 할 때에 기록하였다.
>
> 북한산 신라 진흥왕 순수비(北漢山 新羅 眞興王 巡狩碑) 568년

소국 지배자의 유입이 심화되면서 경주 6부는 점차 단순한 행정구역으로서 의미가 강해지기 시작했고, 어느 순간부터 다른 신료들과 달리 신라 왕은 위처럼 아예 소속부를 기명하지 않게 된다. 즉 법흥왕

북한산 신라 진흥왕 순수비. 국립중앙박물관. ©Park Jongmoo

까지만 해도 신라 왕은 신라를 대표하는 권력자이면서도 하나의 부에 소속된 이중적 지위였으나, 다음 진흥왕에 이르자 신라 왕은 경주 6부를 초월한 존재로서 인식된 것이다. 이는 곧 드디어 신라 왕이 경주 6부 전체를 총괄하는 인물로 인정받았음을 의미한다.

이러한 부 체제의 변화와 더불어 신라에서는 제도적으로 각기 출신에 따른 엄격한 신분 제도를 정착시킨다. 그 유명한 왕족 출신은 진골, 6부 지배층 일부와 소국 지배층은 6두품, 경주 6부나 소국에서 실무를 집행하던 이들은 5~4두품 등으로 구별하는 신분 제도가 그것이다.

이 과정을 살펴보면

1. 신라 17관등 중 간지(干支)가 붙은 1~9관등은 본래부터 간지(干支)급 위치였던 6부 지배층과 소국 지배자 출신만 오를 수 있도록 하여 5~4두품 층과 엄격하게 구별하였다. 이로써 크게 간지(干支) 관등을 지닌 지배층 계급과 5~4두품의 실무 집행 계급으로 나뉘게 된다.

2. 얼마 뒤 간지(干支) 관등 안에서도 1~5등 관등까지는 왕족 신분만 승격이 가능하고, 이외의 6부

지배층과 소국 지배층은 간지(干支) 관등 중 6~9등 관등까지만 가능하도록 엄격한 구별을 두었다. 이로서 지배층 내에서도 '왕족 = 진골'과 6두품으로 나뉘게 된다.

그렇다면 이러한 신분제의 확립과 더불어 진골, 즉 왕족으로 인정받은 이는 누구였을까?

마침 545년, 50대 후반의 이사부는 진흥왕에게 신라 첫 역사서인 국사를 편찬하도록 권유하면서 거칠부에 의해 신라 첫 역사서가 집필된다. 당시 역사서는 사실상 왕가 족보와 다름없었으니, 진골 신분의 토대가 되는 왕족이 누구인지 완벽한 체계가 잡힌 시기는 다름 아닌 이때 이후였을 것이다. 거칠부가 집필한 역사서, 즉 신라 왕가 족보를 기반으로 비로소 '내가 어떤 왕의 몇 대 후손'임을 누구에게나 객관적으로 주장할 수 있게 되었을 테니까. 이는 곧 신라의 첫 역사서는 진골 신분을 보장하는 틀로 사용되기도 했음을 의미했다.

이를 바탕으로 진골, 즉 왕족에 속한 이들을 살펴본다면,

1. 당연히 내물왕 후손이 있다. 물론 당시 대부분의 내물왕 후손들은 훼부, 사훼부에 소속되어 있었

다. 그러나 이들은 신라 왕이 김씨로 지속되자 김씨 혈족 중심으로 똘똘 뭉치기 시작했고, 시간이 지나자 소속 부(部)가 아닌 신라 왕과 가까운 혈연 의식을 바탕으로 왕족 신분을 인정받고자 했다. 이에 이사부는 내물왕 4세손, 거칠부는 내물왕 5세손 등을 언급하면서 자신의 혈통을 강조하였고, 이들보다 뒤의 인물인 사다함에 이르러서는 내물왕 7대손이자 아예 새로운 신분인 진골임을 강조하기에 이른다.

2. 나머지 경주 4부의 지배층이다. 이들 중 일부는 거칠부가 집필한 역사서에 따라 박씨, 석씨 성을 바탕으로 혈연 중심의 왕족 신분을 확보하여 진골로 인정받는다. 참고로 박씨는 기록에 따르면 모량부(잠훼부라고도 함)에 속했으며, 석씨는 학계에서 본피부 소속으로 추정하고 있다.

한편 "한지벌부(漢只伐部) 굴진지(屈珎智) 대일벌간(大一伐干)"이라는 이가 561년 제작된 창녕 신라 진흥왕 척경비에 등장하는데, 말 그대로 그는 경주 6부 중 한지부 소속의 인물이다. 그런데 이때 굴진지의 관등은 무려 대일벌간으로 이는 1등 관등 각간을 기반으로 명예를 높여준 특수 관등이었다. 소위 대각간이라 부르기도 한다.

이렇듯 동시대 2등 관등을 지닌 이사부보다 높은

위치였으니 이는 곧 진흥왕 시절 경주 6부 중 한지부 지배층 역시 진골 대우를 받았음을 알 수 있다. 뿐만 아니라 1등 관등인 대각간을 한지부 대표가 얻었다는 것은 어느덧 훼부, 사훼부 중심의 관등 체계가 경주 6부 전체로 확대 적용되었음을 보여준다. 이렇듯 진골 신분은 관등 체계가 경주 6부 전체로 적용되면서 완전히 자리 잡게 된다.

그러나 한지부 지배층에 대한 상세한 기록은 이후 더 이상 등장하지 않는다. 이와 마찬가지로 본피부 석씨는 김씨 세력의 꾸준한 견제로 세력이 갈수록 약해지다가 7세기 중반 문무왕 시절이 되면 본피궁(本彼宮)의 재산마저 김유신과 김인문에게 반씩 나뉘어 분배되면서 사실상 몰락하고 말았다. 반면 모량부 박씨는 꾸준히 김씨 세력과 결혼을 이어갔기에 통일신라 말까지 높은 신분을 유지할 수 있었다.

이렇듯 경주 4부 지배층 역시 일부 진골 지위를 얻었으나 갈수록 훼부, 사훼부의 내물왕 후손 김씨들보다 높은 지위를 유지하기란 쉽지 않았다. 신라왕이 내물왕 후손의 김씨인 관계로 진골 김씨부터 적극 후원하니 어쩔 수가 없었겠지.

3. 금관가야, 대가야 왕족들이다. 이들 역시 신라

에서 진골 대우를 해주었기 때문. 특히 금관가야 후손들은 이 시점 개황력(開皇曆)이라는 책을 통해 가야 왕계를 정리하면서 왕족 신분을 인정받고자 적극 노력했다.

그러다 595년, 금관가야의 후손이자 김무력의 손자로 김유신이 태어난다. 이때 김유신은 아버지는 금관가야 후손으로서 진골이었으나 어머니는 신라 왕실 피가 흐르는 진골 출신이었다. 이렇듯 김유신은 가야 진골 + 신라 진골의 결혼으로 탄생한 진골이었던 것. 특히 금관가야 진골들은 신라 왕실과 결혼 동맹을 통해 태종무열왕–문무왕으로 이어지는 시기 남다른 실력을 보여주면서 7세기 중반 진골 세력을 대표하게 된다.

이렇듯 쭉 살펴보니, 이사부는 젊었을 때만 하더라도 내부적으로 4부의 간지(干支) 세력과 경쟁하던 내물왕 후손들 중 한 명에 불과했었다. 그러다 내물왕 혈통이 왕족이자 진골이라는 특별한 신분으로 올라서는 과정 중 변화를 적극 주도하면서 간지(干支)가 붙은 관등 중에서도 2등까지 올라서게 된다. 이처럼 이사부 인생은 제도적으로 진골이 신라 권력층에 자리 잡는 과정을 보여주는 말 그대로의 표본이었던 것이다. 단순히 울릉도 정벌로 기억되기에는 그가 한반도 역사에 무척 많은 것을 남겼음을 의미한다.

여기까지 진골이 어떤 과정을 통해 등장한 것인지 전반적으로 정리해보았으니, 강릉 김씨 시조인 김주원 이야기를 끌고 가기 훨씬 편해졌군. 다름 아닌 김주원의 신분 역시 신라에서 제도적으로 보장받는 진골이었으니까. 당연히 그가 진골 신분이었기에 강릉으로 이주했음에도 남다른 세력을 유지할 수 있었던 것이다.

그렇다면 진골 성립 이후의 이야기는 다음 챕터에서 계속 이어가도록 하자. 서서히 버스가 도심으로 들어온지라 곧 도착할 듯하다.

4
죽서루에서 만난 용

터미널에서 내려

오후 2시 50분, 삼척종합터미널에 도착하여 버스에서 내렸다. 외관에 붉은 색감이 두드러진 오래된 삼척종합터미널을 나와 터미널 앞에 서 있는 택시를 탈까 고민하다 조금 걸어보기로 한다. 버스에서 오래 앉아 있었더니, 허리를 펴고 다리 운동이 필요할 듯해서 말이지.

서쪽으로 조금 이동하자 6차선 도로를 만나는데, 이곳 중앙로를 중심으로 삼척의 여러 중요 기관이 모여 있다. 예를 들어 은행, 증권회사, 병원, 현대자동차 매장, 하이마트, 홈플러스 등이 위치하고 있거든. 다만 중심 거리임에도 높은 건물이 없어 하늘이 시원하게 열려 있어 눈에 피로도가 사라지는 느낌

뼈해장국. ©Park Jongmoo

이군. 저 하늘의 구름이 아무런 방해 없이 펼쳐 보이니, 기분이 절로 좋아지네. 서울뿐만 아니라 여러 대도시의 하늘을 향해 뻗은 높은 빌딩이 얼마나 사람 눈을 답답하게 만드는지 깨닫는다.

길을 건너 조금 더 이동하다 우연치 않게 "오래오래"라는 간판을 만났다. 감자탕, 뼈해장국이라…. 간판 옆에 붙어 있는 메뉴판을 읽다보니 묘하게도 뼈해장국을 먹고 싶어지는군. 홀린 듯 가게로 들어가 주문을 하자 5분 정도 지나 금방 해장국이 도착했다. 오! 고기가 토실토실하네. 맛도 좋지만 무엇보다 중요한 것은 양이 많다. 얼큰한 국물과 함께 밥을 먹으니 에너지가 충전되는 느낌이네. 고기를 하나하나 뜯어 먹고 밥까지 비우고 나니, 이 가게 훌륭한데? 운이 좋았다. 그냥 들어간 가게가 맛집이라니.

·

후후.

충실하게 밥을 먹고 나와 서쪽으로 더 걸어가니 삼척 중앙시장 입구다. 안에 사람이 정말 많네. 위로는 투명 돔 형태로 지붕을 올려두어 어떤 날씨에도 운영이 가능하도록 하였군. 이런 노력 덕분에 요즘 전통 시장이 다시 살아나는 느낌이랄까.

그럼 계속 걸어가면서 삼척의 일정을 대충 그려볼까?

우선 죽서루(竹西樓)를 들렀다가 그곳에서 약 300m 거리에 있는 실직군왕릉(悉直郡王陵)에 갈 예정이다. 그 다음에는 동쪽으로 이동하여 바닷가로 가자. 동해안을 접한 도시에 도착한 만큼 아무래도 바다 구경은 필수일 테니까. 다만 바닷가에 갈 때는 택시를 이용하자. 걸어서 가기에는 좀 멀어서 말이지. 정확한 목표는 동해 해암정(海岩亭)이라는 장소다. 그곳 뷰가 정말 일품이거든.

각 장소의 의미와 상세한 이야기는 그때그때 해야겠고. 아~ 그리고 마침 버스 여행 중 진골 신분이 제도적으로 자리 잡는 과정까지 살펴보았으니, 다음으로 제도적 지원을 바탕으로 진골들이 선보인 활약을 살펴봐야겠군. 마침 삼척 죽서루에는 이와 연결될 만한 인물의 이야기가 존재하거든. 내가 가장 좋아하는 한반도 역사 인물이기도 하다.

죽서루

죽서루에 입장하기 전 잠시 바깥 벤치에 앉아 휴식을 취하며 토마토 주스를 꺼내 마신 후 안으로 들어갔다.

누각 이름에 대한 유례는 여러 가지이나 여하튼 죽서루(竹西樓)는 한자 그대로 대나무 숲 서쪽에 위치한 누각이다. 실제로도 주변에 대나무가 많이 있다. 촘촘하게 쭉쭉 올라온 대나무. 시원시원하군. 그런데 정면에 보이는 멋진 누각을 향해 이동하다 갑자기 왼편부터 가기로 맘을 바꾼다. 그 이유는 누각 왼편에 중요한 유적이 있기 때문. 이를 소위 '용문바위' 라 부르거든. 한자로 용문(龍門), 용이 다니는 문이라는 의미다.

자~ 바로 이곳이다.

누각 옆으로 기묘한 형태의 바위가 여기저기 자리 잡고 있는데, 오랜 풍화 작용으로 인하여 만들어진 절경이다. 특히 이 중 한 바위에는 마치 무언가 거대한 힘이 관통한 듯이 둥근 구멍이 '뻥' 하고 뚫려 있어 더욱 신비한 느낌으로 다가온다. 그렇다. 이 바위가 바로 용문바위다. 도착하니 마침 여학생 두 명이 서로 번갈아가며 용문바위 옆에 서서 사진을 찍고 있네. 오호, 그동안 몰랐었는데, SNS 인물 사진으로 찍기에 좋은 배경이었구나.

그런데 저 구멍 뚫린 바위, 즉 용문바위에 대해 이런 이야기가 전해온다.

신라 문무왕이 돌아가신 후 호국용이 되어, 아들 신문왕이 아버지를 위하여 지은 감은사로 왕래할 때 삼척 용화리의 용소에서 나와 감은사로 왕래하였다고 한다. 신룡(神龍)이 태어난 곳이 삼척 용화리 용소인 것이다. 그리고 이곳에서 용이 승천하여 죽서루 아래 오십천에 뛰어들어 백일 동안 유유히 놀면서 절벽을 아름답게 꾸몄다고 한다. 그렇게 백일이 지난 후 용왕의 부름을 받아 용화리 용소로 돌아갈 때 바위를 뚫고 지나갔는데 그때 만들어진 것이 용문(龍門)이라고 한다. 이에 사람들은 이곳에서 소원을 빌면 반드시 성취된다고 믿고 있다.

용문바위. ©Hwang Yoon

이처럼 지역 전설에 따르면 바위의 구멍은 놀랍게도 용이 된 문무왕이 뚫고 지나간 흔적이었던 것이다. 이는 삼척에서 오랫동안 전해지는 이야기라 하는군. 그렇다면 죽서루 주변의 기묘한 바위와 주변 오십천이라 불리는 하천으로 둘러싸인 절벽의 아름다운 모습 역시 문무왕의 작품이라는 의미. 용의 힘이란 참으로 대단하다.

실제로 문무왕은 죽어서 용이 된다는 유언을 남겼으니.

> 가을 7월 1일에 왕이 죽었다. 시호를 문무(文武)라 하였다. 여러 신하들이 유언으로 동해 입구의 큰 바위 위에서 장례를 치렀다. 세속에 전하기를, 왕이 변하여 용이 되었다고 하므로, 그 바위를 가리켜서 대왕석(大王石)이라고 한다.
>
> 《삼국사기》 신라본기 문무왕 21년(681) 7월 1일

이를 삼척 이야기와 결합하면 동해바다를 지키기 위하여 용이 된 문무왕은 경주 대왕석과 삼척을 왔다갔다했다는 의미다. 스토리텔링이 멋지게 연결된 느낌. 마침 이번 경주에서 출발하여 강릉으로 가는 여행과 연결되고 말이지.

개인적으로 한반도 역대 인물 중 가장 좋아하는 분이 다름 아닌 문무왕이다. 모두들 알다시피 삼국통일, 신라인 표현대로라면 삼한 일통을 이룩했기 때문. 이때부터 드디어 한반도 여러 종족들이 한 민족으로서 함께하는 시대를 맞이하게 된 것이니, 한반도 역사에서 무척 중요한 기점을 만든 왕이라 하겠다. 이러한 신라의 승리 과정은 지금 보아도 결코 쉽지 않은 일이었다. 수많은 인물들이 노력하여 660

년 백제, 668년 고구려, 676년 당나라까지 꺾으면서 만든 대사건이었으니까. 또한 이 과정에는 진골들의 남다른 분전이 함께하고 있었다.

진골 시대

《삼국사기》에는 이런 기록이 있다.

> 신라 사람들은 시조(始祖) 혁거세(赫居世)부터 진덕왕(眞德王)까지 28명의 왕을 일컬어 성골(聖骨)이라 하고, 무열왕(武烈王)부터 마지막 왕까지를 진골(眞骨)이라고 하였다.
>
> 《삼국사기》 신라본기 진덕왕 8년(654)

이렇듯 진덕여왕이 죽자 신라 사람들은 성골의 시대가 마감하고 진골의 시대가 열렸다고 이야기하였다. 이에 따라 태종무열왕 김춘추부터 진골 신분으로 왕이 된 것이며 그의 아들인 문무왕 역시 진골 신분으로 왕이 된다.

이와 함께 수많은 진골들이 삼국 전쟁에서 큰 공을 세우며 이름을 떨쳤으니, 그중 가장 대표적인 인물로 김유신이 꼽힌다. 물론 김유신이야 한국인 중 모르는 이가 없을 정도로 유명할 테고, 이외에 문무왕 김법민, 김인문, 김흠운, 김품일, 김문영, 천존, 죽지, 진춘, 진복, 반굴, 관창, 원술 등등 이 시기 역사서에 기록된 수많은 인물 중 상당수가 진골 신분으로 전장에 참여한 영웅들이었다.

이들 진골들은 국가에서 신분을 보장받은 높은 계층임에도 전쟁에서 후퇴를 모르고 앞장서 싸웠으며, 나이를 불문하고 죽음의 공포 앞에서조차 당당한 모습을 보였다. 백제의 계백 5000 결사대와 결전에 임한 화랑 반굴과 관창의 이야기는 굳이 설명할 필요가 없을 정도로 유명한 이야기지. 그렇게 백제, 고구려 멸망 이후에도 세계 최강국이었던 당나라까지 사회 지도층인 진골들이 죽음을 각오하며 싸웠기에 최종 승리를 이끌게 된다.

아무래도 이 시기가 한국사에서 노블레스 오블리주(noblesse oblige) 정신이 가장 높았던 시대가 아니었을까? 한반도 고대 영웅들의 이야기를 접하다 임진왜란, 병자호란, 일제 강점기, 6.25 등의 기록을 보다보면 속 터지는 이유가 다 있다. 이때는 지도층이 가장 먼저 도망가기 바빴으니 말이지. 대신 나라는 민중이 지키고. 세월이 지나면서 반대가 된 것이다.

참고로 노블레스 오블리주는 "귀족은 의무를 진다"는 프랑스어로 19세기 유럽에서 유행했던 표현이다. 로마 전성기 시대에 귀족들이 보여준 투철한 도덕 의식과 공공 정신을 강조하면서 유럽 지도층의 변화를 각성시키고자 한 것이다. 이는 어느 시기, 어느 곳이든 사회 지도층이 누리는 것만큼 의무와 책임을 지지 않아 그런 것이겠지. 덕분에 근대 유럽인들도 지금의 나처럼 고대 시절 귀족들의 당당한 모습이 매력적이었던 모양.

한편 대한민국에서는 2000년대 들어오면서 점차 유명한 표현이 된 듯하다. 짧은 시간 오직 성장에만 집중하다보니 사회 엘리트 층의 사고방식과 공공적 책임 의식에 갈수록 큰 괴리가 생겨나고 있기 때문이다. 오죽하면 민주주의 국가임에도 직업 세습, 즉 신분 세습이 어느덧 사회 문제로 부각되고 있을 정도니까. 사실상 부모의 재력으로 적극적 교육 지원과 편법을 통해 자식이 신분을 이어가는 것이다. 이에 세습 분위기는 대충 인정한 채 노블레스 오블리주를 언론에서 종종 이야기하던데, 딱히 먹히는 분위기는 아닌 듯하다. 가장 대표적인 예로 국방의 의

무를 대하는 사회 지도층 모습을 보면 뭐 굳이 설명이 필요 없겠지.

그렇다면 왜 신라에서는 유독 노블레스 오블리주 정신이 빛을 보였을까?

사실 이 부분도 살펴보면 다 이유가 있다. 당시 진골은 전쟁을 통해 얻은 부와 명성으로 가문의 힘을 키웠고 그 바탕에는 식읍이 존재했다. 식읍(食邑)은 말 그대로 국가에서 왕족, 공신 등에게 토지를 주면서 그 토지에서 나오는 조세와 노동력까지 사용할 수 있게 한 권한이다. 고대 시대에는 중앙 정부의 행정력에 분명한 한계가 있었던 만큼 이를 여러 귀족들이 분담하여 관리했기 때문. 즉 전장에서 승리할수록 토지 확보가 가능했던 것이다.

> 재상의 집에는 녹(祿)이 끊어지지 않으며, 노비가 3000명이나 되고, 갑병(甲兵)과 소, 말, 돼지도 이에 맞먹는다. 가축은 바다 섬의 산에 방목하였다가 필요할 때에 활을 쏘아서 잡는다. 곡식을 남에게 빌려주어서 늘리는데, 기간 안에 다 갚지 못하면 노비로 삼아 일을 시킨다.
>
> 《신당서(新唐書)》 동이열전(東夷列傳) 신라

768년 신라에 사신으로 파견된 당나라인 귀숭경

(歸崇敬)에게는 종사관으로 고음(顧愔)이라는 인물이 있었다. 이때 고음은 신라에 와서 보고 들은 내용을 귀국한 뒤 정리하였으니, 이것이 바로 《신라국기(新羅國記)》다. 현재 《신라국기》는 사라지고 일부 인용된 글만 남아 있는데, 위의 이야기도 바로 그 부분 중 하나다.

기록에 따르면 당나라 눈에 비친 신라의 재상 모습은 다음과 같았다. 집에는 재산이 끊이지 않고 들어왔으며, 소속된 노비는 무려 3000명, 가축도 3000마리였고 곡식을 빌려주는 사채와 유사한 일까지 하고 있었다. 이런 힘은 당연히 국가로부터 받은 땅이 큰 역할을 했으니, 당시 이름난 진골 가문의 모습이 이러했을 것이다. 그리고 이들 진골이 이렇게 큰 부를 얻게 된 계기는 역시나 7세기 삼국 전쟁이었다. 전쟁에 참여한 진골들은 승리 후 확보한 토지를 식읍으로 유지하면서 가문 대대로 힘을 이어갔으니까. 분위기가 이러했던 만큼 진골이 직접 전장에 참가하고 가문의 명예를 위해 힘껏 싸우는 것은 큰 미덕이 될 수밖에 없었다.

뿐만 아니라 신라 시대만 하더라도 문·무반의 구분이 없었기에 신라 관리들은 문·무반 구별 없이 관직을 겸직하였다. 문반(文班)·무반(武班)이 제도적으로 명확히 나뉘는 것은 다름 아닌 고려 시대부터였거든. 그런데 마침 7세기 삼국 전쟁 시대는 상무 기풍이 무척 강하여 사회적으로 성공하려면 무(武)를 바탕으로 한 공적이 중요하게 여겨졌다. 덕분에 우리 눈으로 보면 마치 노블레스 오블리주로 보이는 행동이 매우 자연스럽게 나타난 것이다.

이렇듯 7세기 진골의 모습이 당시 사회적 제도와 분위기로 인해 나온 것임을 알고 있음에도 무척 매력적으로 보이는 것은 어쩔 수 없군. 개인적으로 고대사를 좋아하는 이유가 바로 이 때문이거든. 지도층이 되기 위해 사회로부터 얻은 만큼 그 일가가 적극 나서서 피를 흘리는 것이 당연한 모습은 누가 보아도 멋져 보이니까. 아마 근대 시절 유럽인들이 고대 로마의 귀족 문화를 동경한 이유도 이와 유사했을 것이다.

실제로 김유신은 젊은 장교 시절에는 패배하던 신라군을 쫓아오던 고구려 군을 막기 위해 자신을 따르는 소수의 병사와 죽음을 각오한 돌격을 한 적이 있었으며, 장군이 되어서는 마찬가지로 자신의 조카 반굴을 화랑이라 아직 어린 나이임에도 계백의 5000 결사대로 돌진시켰다. 또한 본인 역시 70살이 넘어서까지 여러 전장에 직접 참가하였으며, 나당 전쟁 시기에는 아들 원술이 패하고 돌아오자 아예 자식으로 여기지 않았고, 김유신 사후 그의 부인마저 아들을 만나주지 않을 정도였다. 생즉사 사즉생(生卽死 死卽生) 정신이 남달랐던 인물이었던 것.

마찬가지로 김유신의 여동생과 결혼한 태종무열왕 김춘추 역시 자신의 사위 두 명이 전쟁 중 전사했으며, 딸 하나도 적에 의해 죽음을 맞이했다. 물론 본인 역시 백제 멸망 후 직접 익산에 머물며 혼잡한 상황을 해결하다 갑작스런 죽음을 맞이한다.

문무왕은 태자 시절부터 신라 왕이 된 이후에도 여러 전장을 직접 다니며 삼한 일통이라는 엄청난 업적을 세웠고, 죽어서도 용이 되어 나라를 지키겠다며 시신은 화장하여 바다에 뿌리도록 했다. 김춘추의 둘째 아들 김인문은 전장은 기본적으로 참가한 데다, 위험한 황해 바다를 수없이 건너며 죽음을 각오한 외교전을 통해 전쟁이라는 최악의 상황에서도 신라와 당나라 간 교류를 이어가도록 만들었다. 이는 신라가 나당 전쟁 이후에도 강대국 당나라와 동맹 관계를 유지하도록 만드는 힘이 된다.

이외의 여러 진골에 대한 이야기는 패스하겠다. 아마 1박 2일을 떠들어도 끝이 안 보일 테니까. 언젠가 하루 종일 이야기할 기회가 있겠지. 이처럼 국가 지도층일수록 살신성인이 당연시되는 문화는 매력적으로 다가올 수밖에 없다. 그렇다면 현재의 대한

민국도 이처럼 사회 지도층의 의무와 책임에 따라 더 높은 지위로 올라갈 수 있는 시스템을 구축하면 좋겠지만 글쎄. 과연 가능하려나?

신라 사선을 기억하다

도기(道氣)를 장관(長官)이 온전히 차지하였으니(道氣全偸靖長官)

공무 보는 여가에 흥취가 그윽하여라.(官餘興味最幽閑)

유루(庾樓) 저녁 달은 상(床) 밑에 들고,(庾樓夕月侵床下)

등왕각(滕王閣) 아침 구름은 기둥 사이에 인다.(滕閣朝雲起棟間)

먼 섬은 빙글빙글 학 형세로 되었고,(鶴勢盤投遠島)

층층 멧부리는 오뚝오뚝 자라 머리 같다.(鼇頭屠巒)

새로운 시가 뼈까지 서늘하게 함을 괴이하다 말라,(新詩莫怪淸人骨)

시냇물 소리를 굽어 듣고 산을 쳐다본다.(俯聽驚溪仰看山)

김극기, 죽서루, 이익성 해석

용문바위를 본 뒤 죽서루에 올라 주변 풍경을 바라본다. 이곳은 보물로 지정된 건축물답게 오랜 역사를 자랑하고 있다. 고려 시대 문인이자 방랑 시인이었던 김극기(金克己, 1150~1210(?)년)가 쓴 시를 근거로 최소한 11세기 후반 이전부터 이곳에 누각이 존재했던 것으로 추정하며, 1403년에는 삼척 부사 김효손(金孝孫)에 의해 중창되었다고 한다. 이후에도 셀 수 없이 고쳐지고 고쳐졌다. 한 번 그 기록을 볼까?

세종 7년(1425), 성종 2년(1471), 중종 25년(1530), 선조 24년(1591), 선조 33년(1600), 광해군 11년(1619), 인조 7년(1629), 현종 3년(1662), 숙종 22년(1696), 숙종 37년(1711), 영조 2년(1726), 정조 12년(1788), 순조 30년(1830), 고종 7년(1870), 광무 2년(1898), 일제 강점기인 1923년, 현대 들어와 1960~1962년, 그리고 1982년까지.

관동팔경 중 한 곳인 죽서루. 그 아래로는 문무왕의 용 신화가 남아 있는 절벽이 펼쳐져 있다. ©Park Jongmoo

어마어마하게 수리된 기록만큼 죽서루의 명성이 대단했다는 의미겠지. 관동팔경 중 하나에 꼽힐 정도니까. 삼척의 죽서루(竹西樓) 이외에 고성의 청간정(淸澗亭), 고성의 삼일포(三日浦), 강릉의 경포대(鏡浦臺), 양양의 낙산사(洛山寺), 울진의 망양정(望洋亭), 통천의 총석정(叢石亭), 평해의 월송정(越松亭) 등이 그것이다. 다들 풍경으로 유명한 장소지만 여행을 좋아하는 나 역시 안타깝게도 다 가보지는 못했다. 이 중 일부가 북한에 위치하고 있기 때문. 참고로 관동팔경 중 관동은 대관령의 동쪽이라는 의미도 지니고 있으니, 현재 내가 여행하고 있는 동해안 라인의 명소인 것이다.

이처럼 유명한 동해안의 경치는 이미 신라 때부터 유명세를 얻고 있었다. 1215년 집필된《해동고승전(海東高僧傳)》에 따르면 "신라 역대 화랑 가운데 사선이 가장 현명하였다(四仙最賢)."라고 전한다. 이들 사선(四仙)의 이름은 영랑 · 안상 · 술랑 · 남랑으로 알려지고 있으며, 문무왕의 손자인 효소왕(692~702년) 시절 동해안 지역을 주로 다니며 수련에 임했다고 전한다.

그렇게 신라 화랑 사선 전설은 이어져 고성 해변에는 그들이 3일을 놀고 간 삼일포(三日浦)가 있고,

김홍도 〈죽서루〉, 《금강사군첩》. 개인 소장.

통천에는 사선이 술에 취하며 춤을 췄다는 사선봉(四仙峰), 간성에는 사선이 놀았다는 선유담(仙遊潭), 속초에는 영랑이 수련을 끝내고 무술 대회에 참가하기 위해 경주로 가다가 너무 아름다운 호수를 만난 후 대회를 잊고 머물었다는 영랑호(永郎湖), 금강산에는 영랑이 방문했다는 영랑봉(永郎峰), 강릉에는 사선이 함께 차를 마셨다는 한송정(寒松亭) 등 이외에도 여러 곳이 전해진다.

이렇듯 신라 화랑 사선이 다녔던 여러 장소를 시

작으로 시간이 지나며 여러 명소가 더해지고 빠지면서 소위 관동팔경이 구성된 것이다.

그렇다면 신라 화랑 사선은 실제 존재했던 인물일까?

국보로 지정된 울주 천전리 각석에 마침 사선 중 한 명인 영랑(永郎) 이름이 등장한다. "술년 6월 2일 영랑 성업(戌年六月二日永郎成業)"이 그것으로 그의 화랑 수련이 마감된 것을 기념하여 바위에 글을 새긴 것이다. 또한 《삼국유사》에는 영랑과 함께 그를 따르던 낭도들의 이름도 기록되어 있다.

한편 안상(安常)에 대해서는 《삼국유사》에 말갈이 쳐들어오자 이를 쫓아갔다는 기록이 있으며, 나라의 보물인 만파식적이 사라지니 이를 되찾아왔다고 한다.

술랑(述郎)에 대한 기록으로는 강원도 고성군 삼일포의 작은 섬인 단서암(丹書岩)에 술랑도남석행(述郎徒南石行)이라는 글이 새겨져 있다고 한다. 이는 곧 "술랑 무리(徒)가 남석에 들르다"라는 뜻이다. 화랑은 화랑과 그를 따르는 낭도로 구성되어 있었으니, 이때 무리는 곧 화랑 집단을 의미하겠다.

남랑(南郎)의 경우 강원도 고성군 삼일포 단서암(丹書岩)의 술랑도남석행(述郎徒南石行)이라는 글을 "술랑 무리의 남석행"이라 달리 해석하여 남석행

울주 천전리 각석에 사선 중 한 명인 영랑(永郞) 이름이 등장한다. ©Park Jongmoo

을 남랑의 이름으로 보는 견해가 있다. 마침 조선 중기 학자인 어숙권이 지은 《패관잡기(稗官雜記)》를 보면 해당 문장에 대해 두 가지 해석이 등장하니, 본래 사람들이 이야기하던 "술랑 무리가 남석에 가다."와 생육신으로 유명한 남효온(1454~1492년)의 풀이에 따른 "남석행은 사람 이름이다."라는 두 가지 해석을 모두 달아놓았다.

이들 신라 화랑 사선은 시간이 흐르면서 마치 도교적 인물처럼 숭상받게 된다. 화랑 시절 수련을 위해 동해안을 돌아다니던 모습에 복잡한 세상을 떠나 휴식을 취하며 노는 신선과 같은 이미지가 부여되었거든. 그 결과 신선을 의미하는 선(仙)을 붙여 네 명의 신선, 즉 사선(四仙)이라 불리게 된 것이다.

이에 고려 시대에는 이들을 기념하며 팔관회에서 '사선악부(四仙樂府)' 라는 노래와 춤을 선보였다. 그 뒤로도 수많은 사람들이 신라 화랑사선을 칭송하였으며 고려~조선 시대까지 이들의 발자취를 쫓아 여행하곤 하였다. 그렇다면 신라 화랑 사선은 동해 라인 주요 여행지를 널리 대중들에게 알린 첫 인물이라 할 수 있다. 때문에 개인적으로 신라 화랑 사선과 인연 있는 장소를 방문할 때마다 강원도 여러 도시를 여러 명소로 연결시키는 스토리텔링을 구성하면 어떨까 하는 생각을 하곤 한다. 현재는 따로따로 노는 느낌이 강해서 말이지. SNS 이벤트나 스탬프 찍기 등으로 신라 화랑 사선 여행지를 꾸민다면? 음.

한편 이곳 죽서루 역시 문무왕의 용 신화가 주변에 남아 있는 것을 보아하니, 문무왕 손자인 효소왕 시절 화랑으로 활동했던 신라 화랑이 방문하여 남긴 이야기가 전해진 것은 아닐까?

화랑 왈

"와. 이곳을 방문해보니, 과연 동해 바다를 건너

문무대왕께서 오신 장소 같구나."

낭도들

"과연 그렇군요. 절벽 아래 하천에 굽이치는 물줄기가 마치 용이 달리는 모습을 닮았습니다."

이렇듯 생각을 이어가다 눈을 잠시 감으니 누각이 없던 시절, 이곳에 모인 화랑과 낭도 집단의 대화가 눈에 선하게 떠오르네. 참으로 아름다운 모습이다. 실제로도 죽서루 주변에는 신라 유물이 출토되기도 했으니까. 신라 사람들도 지금의 나처럼 이 풍경을 무척 좋아했을 듯하다.

또 한 명의 죽서루 여행객

죽서루 구경을 끝내고 이번에는 건물 오른편으로 이동해본다. 여기에는 대나무 숲 안으로 근래에 만든 기둥 하나가 우뚝 서 있거든.

기둥에는 한글로 다음과 같이 새겨져 있다. "송강 정철 가사의 터"

이게 무슨 뜻이지? 아 그렇구나. 맞다. 떠오른다. 마침 송강 정철의 관동별곡(關東別曲)에도 죽서루가 등장하거든. 관동별곡은 정철이 강원도를 여행하며 쓴 것인 만큼, 이때 죽서루를 방문한 것을 기념하여 만든 기둥인 것이다.

그렇게 관동별곡을 떠올리는 순간 고등학교 때 국어 수업이 생각나는걸. 분명 한글로 표현된 문장인데, 무슨 의미인지 알 수 없던 고통. 그럼에도 반복하여 읽다보니 마치 외국어 배울 때와 비슷하게 익숙해지면서 조금씩 읽히곤 했었지.

한편 관동별곡 중 죽서루에 대한 내용은 다음과 같다.

진주관(삼척) 죽서루 아래의 오십천 흘러내리는 물이(眞株館(진쥬관) 竹西樓(듁셔루) 五十川(오십천) 나린 믈이)

태백산 그림자를 동해로 담아가니,(太白山(태백산) 그림재랄 東海(동해)로 다마 가니,)

차라리 한강의 남산에 닿게 하고 싶구나.(팔하리 漢江(한강)의 木筧(목멱)의 다히고져.)

관원의 여행길은 한계가 있지만, 풍경이 싫지 않으니,(王程(왕뎡)이 有限(유한)하고 風景(풍경)이 못 슬믜니,)

그윽한 회포가 많기도 많아, 나그네 시름도 둘 곳 없다.(幽懷(유회)도 하도 할샤, 客愁(객수)도 둘 듸 업다.)

신선이 탄다는 뗏목을 띄워 내어 북두성과 견우성으로 향해볼까?(仙槎(선사)를 띄워 내여 斗牛(두우)로 向(향)하살가,)

사선(신라 화랑사선)을 찾으러 단혈이란 동굴에

머물러볼까?(仙人(션인)을 차자려 丹穴(단혈)의 머므살가.)

지금 가만 생각해보니 정철(鄭澈, 1536~1593년)이 살던 시대의 언어를 표기했기에, 한국어 같으면서도 외국어 같은 느낌으로 다가왔던 것이다. 또한 조선 전기 때 한글로, 귀한 문헌인지라 국어 수업 시간에 배워야 했었고. 무엇보다 학계에서 어느 정도 해석이 완성된 데다 민감한 종교적, 사회적 내용이 아닌 여행기에 가까운 내용이라 학생들을 상대로 가르칠 만한 주제가 될 수 있었군. 다시 고등학생으로 돌아간다면 열심히 배울 동기가 생겨났다. 하지만 세월은 이미 한참 지났구나.

'관동별곡' 은 문학 장르상 가사(歌辭)라 정의하고 있다. 이는 시와 산문의 중간 형태의 문학이라 하던데, 지금은 국어 시간이 아니니 대충 노래의 일종으로 여기면 될 듯싶다. 즉 관동별곡은 정철이 강원도, 특히 관동을 여행하며 느낀 감정을 노래로 부른 것으로 이해하자.

그런데 이런 노래 형식의 문학은 신라 시대에도 이미 존재했으니 향가가 바로 그 주인공이다.

향가(鄕歌)는 신라 시대부터 고려 시대 초 · 중기까지 창작된 문학의 일종으로 소위 향찰(鄕札)을 이

서루 옆 대나무 숲 안에 있는 송강 정철 가사의 터. ©Park Jongmoo

용하여 표기한 노래다. 여기서 향찰은 관동별곡과 달리 아직 한글이 창제되기 전인 만큼 한자의 음과 뜻을 빌려 한반도 사람들의 언어를 표기하는 것을 의미한다. 이렇게 향찰로 표기된 향가는 《삼국유사》에 14수, 고려의 승려 균여가 지은 《균여전》에 11수, 총 25수가 남아 있다. 물론 향가 역시 고등학교 수업에서 배웠던 이유는 〈관동별곡〉과 동일하다. 이를 통해 그 옛날 조상의 언어를 이해할 수 있기 때문.

그런데 이렇게 남아 있는 향가 중 이곳 삼척과 연결되는 노래가 하나 존재하니,

> 자줏빛 바위 가에(紫布岩乎邊希)
> 잡고 있는 암소 놓게 하시고(執音乎手母牛放敎遣)
> 나를 아니 부끄러워하시면(吾肸不喩慚肸伊賜等)
> 꽃을 꺾어 바치오리다(花肸折叱可獻乎理音如)
>
> 《삼국유사》 헌화가(獻花歌) 김완진 해석

이는 삼척을 배경으로 한 '헌화가' 라는 제목의 향가로 단순히 한자만 봐서는 해석이 거의 불가능하다. 겉으로 보기에는 일반 한문처럼 보이지만 향찰로서 뜻으로 읽는 글자와 음으로 읽는 글자가 섞여 있기 때문. 신라 시대 사람들이야 당시 언어 표기

법이었던 만큼 자연스럽게 이해하며 넘어갔겠지만 현대 사람들은 어느 부분이 음이고 뜻인지 구별하기 힘들기에 마치 암호처럼 다가올 수밖에 없다.

오죽하면 한자에 매우 익숙하던 조선 시대에도 향가 해석이 불가능했을 정도. 어느덧 향찰 문법 자체를 잊어버렸으니까. 그러다 일제 강점기 시절부터 연구가 진행되더니, 1980년에 김완진이 발표한 《향가 해독법 연구》에 의해 어느 정도 해석법이 알려지기 시작했다. 그럼에도 불구하고 여전히 완전한 해석에는 한계가 분명하다고 하더군. 대학 때 국문학과로 진학하면 어마어마한 시간을 투자하여 향가를 배운다고 하니, 혹시 궁금하면 관련 자료를 통해 연구해보자. 나는 취미로 살펴보다가 어학은 역시 나와 맞지 않음을 다시 한 번 깨달았다.

헌화가는 오늘 바닷가로 가서 마저 이야기를 이어가기로 하겠다. 다름 아닌 바닷가에서 부른 노래였으니까. 그럼. 슬슬 죽서루를 떠나 다음 목표인 실직군왕릉을 향해 걸어가볼까.

5
실직군왕릉

실직곡국 시절

죽서루에서 실직군왕릉까지는 가깝다. 북쪽으로 빠른 걸음으로 10분 정도 거리에 위치한 삼척 갈야산을 조금 올라가면 되는데, 마지막 높은 계단 부분은 약간 힘이 들 수 있으므로 주의. 그렇게 실직군왕릉에 들어서는 순간 주변 풍경이 참 좋구나. 슬쩍 뒤를 돌아보니, 삼척시가 펼쳐 보이는걸.

다시 몸을 돌려 앞을 바라보니 한눈에 보기에도 실직군왕릉은 관리가 잘된 듯 단정하다. 고분 앞으로는 단으로 계체석(階砌石)을 단단하게 배치하여 위계를 높이고, 주위에는 문인석과 동물 등의 석물(石物)이 잘 장식되어 있다. 또한 돌로 만든 담이 영역을 보호하듯 쭉 고분을 두르고 있어 격을 높여준

실직군왕릉. ©Park Jongmoo

다. 오늘 아침에 만난 원성왕릉 못지않게 참으로 왕릉다운 모습을 보인다고 하겠다.

그렇다면 고분의 주인인 실직군왕은 과연 누구일까?

실직군왕이라 하니 명주군왕이 떠오르는군. 이번 여행의 목적 중 하나가 강릉 김씨 시조인 명주군왕 김주원의 흔적을 찾는 것인데, 조선 시대 기록인

《신증동국여지승람》에 따르면 그가 명주군왕(溟州郡王)이 되었다고 기록되어 있었지. 실직군왕도 이와 유사한 방식으로 등장한 것인지 궁금해지는걸.

실직, 그러니까 현재의 삼척은 505년, 이사부가 군주(軍主)로 파견되기 전부터 이미 신라와 연관이 깊은 지역이었다. 《삼국사기》에는 다음과 같은 내용이 있으니까.

> 가을 8월에 음즙벌국(音汁伐國)과 실직곡국(悉直谷國)이 영토를 놓고 다투다가 신라 왕에게 와서 결정해줄 것을 청하였다. 왕이 어렵게 여겨 이르기를, "금관국(金官國)의 수로왕이 나이가 많아 지식이 많다."라고 하며 불러서 물어보았다. 수로왕이 의견을 내어 다툼이 된 땅을 음즙벌국에 속하게 하였다.
>
> 이에 왕이 6부에 명하여 수로왕을 만나 잔치를 베풀게 하였다. 다섯 부는 모두 이찬(伊飡, 2등 관등)이 잔치의 주관자가 되었으나, 오직 한기부만이 지위가 낮은 자를 주관자로 삼았다. 수로가 분노하여 자신의 노복인 탐하리(耽下里)에게 명하여 한기부의 주관자인 보제를 죽이고 돌아가버렸다.
>
> 노복 탐하리는 음즙벌국의 왕 타추간의 집에 도망가서 의지하였다. 왕이 사람을 시켜 그 노복을

붙잡게 하였는데, 타추가 보내주지 않았다. 왕이 분노하여 군사를 일으켜 음즙벌국을 정벌하니, 음즙벌국 왕이 자신의 무리와 함께 스스로 항복하였다. 실직과 압독 두 나라 왕도 와서 항복하였다.

《삼국사기》 신라본기 파사왕 23년(102)

이 기록을 한 번 정리해보자.

1. 《삼국사기》에 따르면 102년에 음즙벌국(音汁伐國)과 실직곡국(悉直谷國) 간 영토 다툼이 있었다. 이때 음즙벌국은 포항에 있던 소국이고 실직곡국은 삼척에 있던 소국이었다.

마침 오늘 이 두 곳을 버스를 타고 3시간 30분 걸려 이동했으니, 당연히 과거에는 이보다 훨씬 시간이 걸리는 먼 거리였을 것이다. 이에 학계에서는 위 기록처럼 영토를 둔 다툼이 아니라 실제로는 바다를 접한 두 세력 간 해상 교역 중간 기항지 문제로 다툰 것으로 판단한다.

2. 다툼 해결이 힘들어 보이자 신라에서는 금관가야의 수로왕에게 중재를 부탁했다. 이에 수로왕은 다툼이 있던 땅을 포항의 음즙벌국에 속하도록 정한다. 일이 해결되자 신라 왕은 신라 6부에게 명하여 수로왕에게 잔치를 베푼다.

한편 김해의 금관가야, 경주의 신라 등이 철을 생

산하여 해상 무역을 통해 주변으로 수출하던 시기는 다름 아닌 3세기 시점이었다. 이는 곧 한때 내륙에 위치한 신라 입장에서는 바다를 접한 두 소국 간 분쟁이 자신들의 철 수출에 있어 큰 문제로 다가왔기에 당시 바다 무역 전반을 관장하던 금관가야에게 분쟁을 조정해달라 했음을 알 수 있다. 이를 미루어볼 때 위 기록은 실제로는 3~4세기 초반에 등장한 사건으로 보인다.

3. 하지만 경주 6부 중 한기부는 해당 결정에 불만이 있었고 수로왕을 위한 잔치에 일부러 낮은 지위를 보냈다. 그러자 수로왕은 힘을 보여주고자 한기부가 보낸 이를 죽인 뒤 돌아갔으며, 이때 수로왕의 명에 따라 한기부 사람을 죽인 이는 포항의 음즙벌국(音汁伐國) 왕에게 가서 의탁했다. 그러자 신라왕이 군대를 이끌고 포항의 음즙벌국을 정벌하니 이후 삼척의 실직곡국(悉直谷國)마저 두려워하며 항복한다.

이 부분은 수로왕 결정에 대해 경주 6부 중 하나가 불만을 표하자 금관가야 왕이 실력을 행사했던 내용이다. 당시만 해도 신라보다 금관가야가 더 강했음을 알 수 있다. 그런데 갑자기 분위기가 바뀌더니 신라 왕이 음즙벌국과 실직곡국을 군사로 위협하여 항복시키는 장면이 등장한다. 조금 엉뚱하게 느껴질 정도의 급격한 변화라 하겠다. 결국 해당 내용은 동일 시점에 등장한 사건이 아니라 4세기 중반부터 국력이 높아진 신라가 과거 금관가야와 관계가 깊던 동해안 해상 소국들을 차례로 흡수한 과정을 보여주는 것이다.

즉 위의 기록은 3~5세기에 걸친 역사를 후대에 압축한 후 신라 역사서에 정리한 내용이었다, 아무래도 6세기 중반 신라의 첫 역사서를 집필한 거칠부의 작품이 아니었을까? 이 기록은 실직곡국이 있던 삼척이 경주 주변의 여러 소국 중 꽤 이른 시기부터 신라 영역에 소속되었음을 알려준다.

그렇다면 실직군왕릉을 3~4세기 시절 실직곡국 왕의 무덤으로 볼 수 있을까? 아쉽게도 아니다. 왜냐면 고분 모습을 볼 때 5~6세기경에 해당하는 삼국시대 신라계 무덤으로 추정되기 때문. 이는 실직군왕릉 주변 100m 내에 있는 삼척 갈야산 고분군에서 5~6세기 신라 유물이 출토된 것을 통해 알 수 있는 대목이다. 즉 본래 갈야산 고분군 중 하나가 다름 아닌 실직군왕릉임을 의미한다.

고구려와의 다툼

이제 다음 역사 흐름을 살펴보자.

가을 7월에 고구려의 변방 장수가 실직(悉直)의 들에서 사냥을 하였는데, 하슬라성(何瑟羅城, 강릉)의 성주 삼직(三直)이 군사를 내어 갑자기 공격하여 그를 죽였다. 고구려 왕이 그것을 듣고 노하여 사신을 보내 말하기를, "내가 대왕과 더불어 우호를 닦아 매우 기쁘게 여기고 있었는데, 지금 군사를 내어 우리의 변방 장수를 죽였으니 무슨 의미인가?" 라고 하였다. 이에 군사를 일으켜 우리의 서쪽 변경을 침범하였다. 왕이 겸허한 말로 사과하자 곧 물러갔다.

《삼국사기》 신라본기 눌지왕 34년(450)

450년 실직, 즉 삼척에서 고구려 장수가 사냥을 하자 하슬라성, 즉 강릉에 있던 신라 성주가 병력을 보내 죽이는 사건이 발생했다. 과거 사냥을 할 때는 군사적 위세를 보이며 주변에 여러 공물과 지원을 요청하는 형식을 보이곤 했기에, 부아가 치민 신라 성주가 고구려 장수를 죽여버린 것이다. 이에 고구려 왕은 분노하며 군사를 일으켜 신라를 공격하였으니, 이때 왕은 다름 아닌 장수왕이었다.

이 뒤로 고구려는 동해안에서 신라에 대한 적극적 군사적 압박을 시작하였고, 481년에는 동해 해안가를 따라 포항까지 고구려 군대가 밀고 들어온 적도 있었다. 이를 신라는 백제 · 대가야 연합군과 함께 겨우겨우 막아내면서 국가적 위기에서 탈출하게 된다. 당연히 이때 고구려 군대가 포항을 점령하고 경주로 넘어왔다면 한반도 역사는 크게 바뀌었을 것이다.

이렇듯 고구려를 방비하기 위해 신라는 삼척 지역의 지방 세력과 더욱 긴밀한 관계가 필요했다. 이에 경주에서 제작한 고급 물건을 적극 지원하기 시작했고, 이 흔적을 실직군왕릉 가까이 있는 삼척 갈야산 고분군에서 만날 수 있다. 금제 굵은 고리 귀고리 · 유리옥 및 굽은 옥 등의 장신구, 굽다리 접시 및 바리 모양 토기 등의 토기류, 철제 말재갈 · 심엽형 말띠드리개 등의 말갖춤류 등 고분에서 발견된 5세기 중후반 신라계 유물이 바로 그것이다.

그렇게 시간이 더 지나 505년, 삼척에 대한 확고한 직접 지배를 위해 신라에서는 실직에 주(州)를 설치하고 이사부를 군주로 삼았다. 이사부는 중앙 정부의 계획대로 삼척과 강릉을 확고한 신라 영역으로 안정화시키다 울릉도까지 정복한 뒤 경주로 돌아갔다. 그리고 562년, 이사부에 의해 대가야가 멸망하자 신라에서는 대가야 유민을 삼척으로 대거 이주시켰으니, 이는 6세기 중 · 후반경의 대가야 토기가 갈야산 고분군에서 출토된 것으로 확인할 수 있다. 이처럼 삼척의 지방 세력은 5세기만 해도 신라의 협력 상대였으나 6세기 들어와 신라의 직접 지배를 위해 약화시켜 할 상대로 변모한 것이다.

자. 여기까지 흐름을 살펴볼 때 실직군왕릉은 5~6세기경에 해당하는 삼국 시대 신라계 무덤이므로 신라가 적극적으로 주(州)를 설치할 당시 존재하던 지배층의 무덤일 가능성이 높다고 하겠다. 하지만 고고학적 유추와 달리 해당 고분의 주인공에 대하여 유적 설명이 되어 있는 표지판에는 10세기인 고려 초에 활동했던 삼척 김씨(三陟 金氏)의 시조인 김위옹이라 되어 있군. 과연 어떻게 된 것일까?

삼척 김씨 시조

공자의 가르침을 살펴보면 묘가 바라보이는 곳에 단(壇)을 만들고 제사를 지낸다는 문구가 있다. 지금 우리 실직씨(悉直氏)의 망제단도 역시 이 문구에 의거하여 설치한 것이 아니겠는가. 아! 실직 시조 이름은 김위옹(金渭翁)으로, 신라 경순왕의 여덟 번째 아들 일선군(一善君, 김추)의 원자(元子)이다. 실직을 식읍으로 받아 그대로 계속 살았으니 마땅히 그의 묘도 이곳에 있어야 한다.

그러나 세대가 멀어져서 증거가 없어 오랫동안 제사 의식을 거행하지 못하였으니 이것이 후손들의 지극한 한이 되었다. 다만 저 갈야산(葛夜山, 현 실직군왕릉)과 사직(史直, 현 실직왕비릉)에 보통의 무덤과 다른 두 개의 묘가 있다. 노인들은 이를 두고 서로 전하며 이르기를 실직군왕 부부의 능이라고 한다. 하지만 불행하게도 비갈(碑碣, 비석)이 없다.

이에 1838년 헌종 4년 가을에 내(김홍일)가 여러 종친들과 더불어 상의하고는 길일을 택하여 제사를 지내 알리고는 땅을 파서 지석(誌石: 무덤 주인이 표기된 판석)을 찾았다. 그러나 단지 흙을 구워 만든 술그릇 몇 점만 나왔을 뿐 증거로 삼을 만한 다른 것은 없었다. 이에 무덤 입구를 잘못 뚫었다는 자도 있었다. 그렇지만 그 무덤을 자세히 살펴보니 돌을 포개고 흙을 쌓아 광(壙: 무덤 방)을 만들었는데 매우 넓었고, 수도(隧途: 긴 통로)를 별도로 두었다. 또 장대한 해골이 있었다. 해골은 산세를 따라 머리를 북쪽으로 두고, 손은 아래로 늘어뜨려져 있었다. 염습을 하지 않아 마치 평상시 모습 같았다. 아직도 옷과 이부자리 형상이 남아 있었으나 관(棺)과 곽(槨)의 흔적은 전혀 없었다. 이는 지금의 풍습과 비교하여 장사 지내는 것과 크게 다르니 역시 평범한 사람의 무덤은 아니었다. 즉시 도로 흙을 덮어 쌓고는 위로하여 편안하게 하였다. 나중에 한 번 더 갈야산의 무덤(현 실직군왕릉)에서 지석을 찾았으나 얻지 못하였다. 그 무덤을 살펴보니 사직(史直, 현 실직왕비릉)의 무덤과 같았다.

이에 다시 여러 종친들과 더불어 이야기하기를 "이 무덤들은 비슷하게 맞는 것 같기도 하지만 모두 지명(誌銘, 시기가 적힌 비석)이 없으니 어찌 함부로 믿겠는가. 대체로 노인들의 진술과 읍지(邑誌: 읍의 역사가 적힌 책)의 기록으로 보면 갈야산 아래 월계(月溪)는 곧 우리 시조의 유지(遺址)이고, 그 위쪽 절벽에 있는 어정(御井: 임금의 우물)이라고 하는 것은 곧 우리 시조의 유정(遺井)이다. 이에 따라서 가만히 생각건대 영원히 혼령이 서로 어울려서 이 가운데를 오르내릴 것이니 지난번에 말한 단(壇)을 만들어서 망제(望祭)를 지내는 예(禮)를 어찌 그만둘 수 있겠는가."라고 하였더니 모두가 적극 찬성하였다.

다음 해 봄에 재물을 모아 일을 시작하였다. 월계(月溪) 동쪽 해방(亥方)을 등진 평평한 곳을 택해 땅을 손질하여 단을 만들고는 비를 세워서 명문을 새겼다. 또 주위를 담으로 두르고 문을 달았으며, 수졸(守卒: 무덤을 지키는 이)을 두어 풀을 베고 목축하는 것을 금하였다. 또 그해에 제례 의식을 정하여 제사에 정성을 다하였고, 제사를 마친 후에는 물러 나와서 조상이 남긴 복을 받으며 종족(宗族) 간 정을 도모하고 차례를 정하였으니, 이 해는 곧

1840년(헌종 6)으로 10월 보름이었다."

위의 글은 《실직군왕망제단기(悉直郡王望祭壇記)》에 남아 있는 것으로, 19세기 중반 어떤 과정을 통해 5~6세경 만들어진 신라 고분이 한 가문의 조상 묘로 인정받게 되었는지 잘 보여준다. 무엇보다 그 시대 고분을 조사하는 모습을 따라가보면 목적이 다를 뿐 현재의 고고학 조사만큼은 아니더라도 나름 치밀한 과정을 밟았음을 알 수 있다.

다만 위 내용처럼 당시 삼척 김씨(三陟 金氏) 후예들도 자신들의 여러 번에 걸친 조사 결과를 바탕으로 현재 실직군왕릉이라 되어 있는 고분을 100% 자신의 조상 묘라 확신하진 않았다. 대신 주변 지역 사람들의 진술 및 지역 역사서에 따라 이 주변이 자신들의 조상과 인연 있는 장소로 알려지고 있기에 단(壇)을 만들어두면 분명 조상의 영혼이 찾아올 것이라 믿었던 것이다.

이렇듯 5~6세기에 만들어진 신라계 고분은 오랜 세월이 지나면서 10세기에 활동한 실직군왕의 무덤으로 알려지기 시작했고, 이를 기반으로 19세기 중반 실직군왕의 후손들이 모여 자신의 조상 묘로 삼아 현재의 왕릉으로 격을 높이게 된다.

한편 위 글을 읽다보면 삼척에 또 다른 고분이 있

실직왕비릉. ©Park Jongmoo

다는 것을 알 수 있다. 바로 삼척 사직(史直)에 위치하고 있다는 실직왕비릉이다. 실직군왕 김위옹이 신라 마지막 왕인 경순왕의 손자라면 실직군왕비는 실직군왕의 부인으로 밀양 박씨라 하더군. 여기서 불과 2km 정도 떨어져 있기에 걸어서 약 30분 거리에 있다. 예전에 가본 적이 있는데, 이곳과 마찬가지로 5~6세기에 만들어진 고분에 이곳과 비슷한 형식으로 장식하여 능으로서 격을 높여놓았다.

그렇다면 실직군왕 김위옹(金渭翁)이 누구인지 한 번 살펴볼까?

참고로 그의 이름은 《고려사》, 《고려사절요》 등의 역사서에는 등장하지 않으며, 김위옹의 아버지인 김추(金錘) 역시 《고려사》, 《고려사절요》 등에 등장하지 않는다. 무엇보다 김위옹은 '삼척 김씨' 의 시조이지만 그의 아버지인 김추는 경상북도에 위치한 '선산 김씨' 의 시조로 알려지고 있으니 흥미롭다. 정확한 이유는 알 수 없지만 아버지와 아들이 각기 다른 가문의 시조가 된 것이다.

어쨌든 이들의 계보는 다음과 같이 정리할 수 있겠다. 우선 《고려사》 기록을 바탕으로 살펴보면 신라 마지막 왕 경순왕(?~979년)은 고려에 항복한 후 태조 왕건의 딸인 낙랑공주(樂浪公主)와 935년 결혼하였다. 그리고 975년이 되자 경순왕은 낙랑군왕(樂浪郡王)이라는 고려의 제후왕에 봉해졌다. 즉 이 시기에도 고려왕과 더불어 왕이라 불리는 존재로서 낙랑군왕이 함께 존재했음을 알 수 있다. 당시 경순왕이 낙랑군왕으로 봉해진 이유는 고려 5대 왕인 경종(景宗, 975~981년)이 경순왕의 딸과 결혼한 만큼 즉위할 때 장인에 대해 높은 대우를 해준 결과물이었다.

한편 삼척 김씨와 선산 김씨 족보에 따르면 경순왕은 낙랑공주와의 사이에서 김추(金錘)라는 아들을 얻었는데, 김추의 아들이 김위옹이다. 이에 따르면 김위옹은 신라 마지막 왕인 경순왕의 손자이자 동시에 고려 태조 왕건의 증손자이기도 했던 것. 그래서 고려왕이 김위옹을 실직군왕이라는 왕(王)으로 봉했던 것일까? 그렇다면 경순왕의 아들이자 태조 왕건의 외손자인 김추는 아들보다 고려왕과의 핏줄 거리가 더 가까웠음에도 왜 왕이 되지 못한 것일까?

이런 저런 의문이 들지만 결론을 도출하기란 쉽지 않군. 오후 5시를 넘어가니, 이제 내려가서 택시를 타고 이동해야겠다. 스마트폰을 꺼내 카카오 택시를 부른다. 이렇듯 IT 기술 발달 덕분에 참 편리해졌다니까. 과거에 택시를 잡으려면 참으로 고생했거든. 길가에서 손을 흔들면서.

6

바닷가에서 만난 전설

동해 해암정

택시를 타고 10분 정도 달려 바닷가에 도착했다. 택시 기사님이 말하길 이곳은 저녁보다 아침 일출로 유명하다는군. 추암역 주변으로 주차장이 넓게 있으니, 여기서 내리면 된다. 주차장에는 이미 자동차가 가득 서 있고 관람객도 죽서루에 비해 어마어마하다. 주차장에서 걸어서 2분 정도 이동하면 해암정(海岩亭)에 도착한다. 그런데 이곳은 행정구역상 삼척이 아니라서 공식 이름은 동해 해암정이라 부른다. 아무래도 동해시 해암정이라는 의미인가 봄.

1980년, 동해가 삼척과 강릉 일부를 합쳐 등장하였으나 그 전에는 현재 동해 북쪽에 위치한 묵호항 주변은 강릉, 동해 남쪽에 위치한 동해항 주변은 삼척이었다. 그렇다면 신라, 고려, 조선 시대만 하더라도 해암정 주변은 삼척 영역이었던 것. 지금도 해암정 바로 옆에 위치한 증산 해수욕장은 삼척에 속한다. 즉 해암정에서 100m 거리 앞은 다름 아닌 삼척시라 하겠다.

바로 해암정이 보이네. 한눈에 보아도 아담하여 그리 큰 건물은 아닌데, 문을 열어 안을 볼 수 있도록 해두었기에 내부를 살펴본다. 음. 지난번에 왔을 때도 그렇지만 어떤 특별한 특징이 보이지는 않는군. 그러나 주변 풍경을 살펴보면 왜 이곳에 건물을 만들었는지 충분히 이해되고도 남는다. 해암정 주변으로는 하얀 빛을 보이는 기암괴석이 감탄이 나올 만큼 아름답게 자리 잡고 있으며, 동해 바다가 시원하게 보이거든. 가히 세월을 즐기기에 최고의 장소다. 건물은 작지만 넓은 자연을 경험하게 만드는 묘한 공간.

이처럼 자연을 즐기기에 일품인 해암정은 고려 공민왕 10년(1361) 삼척 심씨의 시조 심동로(沈東老)가 중앙 정치에 실망하고 낙향하여 건립했는데, 조선 중종 25년(1530) 소실된 건물을 다시 짓고, 정조 18년(1794) 중수한 것이다. 그 뒤에도 수리가 몇 차례 있었다고 하는군. 여러 번 짓고 중수했다는 것은 그만큼 의미가 남달랐기 때문이겠지. 이를 이미

海巖亭

해암정. ©Hwang Yoon
(위) 숙종 시대 문신 송시열이 남긴 편액. ©Park Jongmoo

해암정 주변에 보이는 기암괴석. ©Hwang Yoon
(위) 촛대바위. ©Park Jongmoo

수없이 중수한 기록이 남겨진 죽서루에서 확인했으니까.

실제로 이곳은 여러 이름난 인물들이 방문한 것으로 유명하다. 조선 세조 시대의 권신(權臣)이었던 한명회가 이곳을 방문한 후 이곳 기암괴석 절경이 마치 미인의 걸음걸이 같다 하여 능파대(凌波臺)라 이름 붙였다고 하며, 숙종 시대 문신인 송시열은 귀양을 가던 중 이곳에 들른 후 해암정(海岩亭)이라는 편액을 남겼다. 그러니까 음, 해암정 건물의 정면에 위치한 3개의 편액 중 가장 가운데 있는 것이 다름 아닌 송시열의 글씨. 익숙한 이름이 등장하자, 왠지 글씨를 한 번 더 보고 싶어지는군. 소위 글씨에서 그 사람의 성격이 드러난다고 하니까.

충분히 해암정 구경을 했기에 이제 기암괴석을 따라 오른편으로 걸어가면서 촛대바위를 향해 움직인다. 저기 뾰족하게 꽂아놓은 듯 높이 5~6m쯤 되는 촛대바위가 보이는걸. 와, 정말 삐죽하네. 역시 촛대바위라 불릴 만한 모습이다. 이곳은 여기저기서 사진 찍는 사람으로 가득. 바다는 푸르고 바위는 흰 빛을 보이는데, 촛대바위까지 함께하니 참으로 훌륭하다. 이에 나도 자연스럽게 폰을 꺼내 사진을 찍고 싶어졌다. 가히 자연이 만들어낸 예술 작품이로구나. 이곳이 다름 아닌 능파대(凌波臺)다.

김홍도 〈능파대〉, 《금강사군첩》. 개인 소장.

한편 촛대바위와 능파대(凌波臺)는 1788년, 김홍도가 정조의 명에 따라 금강산과 관동팔경 등 60여 곳을 그린 화첩인 금강사군첩(金剛四郡帖)에 등장하는 것으로 잘 알려져 있다. 왕의 신분이라 여행을 자유롭게 할 수 없었던 정조를 대신하여 김홍도가 관동의 아름다운 풍경을 그림으로 그려온 것이다. 이때 김홍도는 한양을 떠나 원주→평창→오대산→

대관령→강릉으로 와서 남쪽으로 삼척→울진→평해로 간 뒤 다시 해안을 따라 북으로 올라가 강릉→양양→속초→설악산→안변→금강산을 방문한 후 한양으로 돌아왔다. 그리고 이 주변에서 촛대바위를 포함한 능파대와 죽서루 등을 그렸으니, 이 김에 그의 그림을 소개하고 싶어지는군.

그렇다면 관동 지역 전반을 여행해본 사람으로 지금까지 이사부, 진흥왕, 신라 화랑 사선, 김주원, 정철, 김홍도까지 알게 되었구나. 이번 여행에서 나에게 길을 가르쳐주는 분들이다. 물론 정조는 직접 여행을 하지 않았지만, 김홍도의 그림을 통해 관동 여행을 즐길 수 있었으니 포함시키도록 할까?

하지만 이쯤해서 관동을 방문한 인물을 한 명 더 소개할 때가 된 것 같군. 해당 인물은 해암정 왼편으로 이동하면 만날 수 있는 출렁다리에서 보기로 하자.

수로 부인

출렁다리는 2019년에 만들어졌다. 얼마 전 생긴 것이라 처음 타보니, 그리 길지는 않지만 약간 흔들리는 느낌이 짜릿함을 선사하는군. 물론 놀이기구 타는 정도는 아니고 잠시 색다른 즐거움을 주는 정도로 흔들거리는 느낌이다. 그렇게 출렁다리를 건너간 장소에서 남쪽을 바라보자 "와우" 절로 감탄이 나오네. 추암 해변과 파도 하나하나가 너무 멋져 한참을 바라본다.

그래, 저 아름다운 해안가 어딘가에서 이사부가 울릉도를 향해 배를 타고 떠났겠구나. 사실 512년, 이사부가 울릉도 정벌 때 떠난 장소가 어디인지는 학자들마다 여러 주장이 있거든. 삼척이 다수설이

이사부 장군 영정.

지만 강릉이라는 주장도 있으며 삼척 내에서도 여러 장소에 대한 이야기가 있다. 기록이 미비하여 정확한 장소를 알아내기란 불가능하지만, 어쨌든 삼척시에서는 해암정에서 500m 남쪽으로 이사부 공원을 조성하고 해암정에서 남쪽으로 5.5km 떨어진 삼척항에는 이사부 광장을 조성하는 등 이사부의 이미지를 삼척에 자연스럽게 녹이는 중.

그런데 이사부말고도 삼척에서 밀고 있는 인물이 있으니 수로 부인이 바로 그 주인공이다.

성덕왕 때 순정공(純貞公)이 지금의 강릉(江陵)인 명주(溟州) 태수로 부임하는 길에 바닷가에서 점심을 먹었다. 그 곁에는 바위 봉우리가 병풍과 같이 바다를 둘러 있고, 높이가 천 길이나 되고, 그 위에는 철쭉꽃이 활짝 피어 있었다. 공의 부인 수로(水路)가 그것을 보고 좌우 사람들에게 말하기를, "저 꽃을 꺾어다줄 사람은 없는가?" 라고 하였다. 이에 종자들이 말하기를, "사람의 발길이 닿기 어려운 곳입니다" 라고 하면서 모두 사양하였다. 그 곁으로 한 늙은이가 암소를 끌고 지나가다가 부인의 말을 듣고 그 꽃을 꺾어와 또한 가사를 지어 바쳤다. 그 늙은이는 어떤 사람인지 알 수 없었다.

자줏빛 바위 가에(紫布岩乎邊希)
잡고 있는 암소 놓게 하시고(執音乎手母牛放教遣)
나를 아니 부끄러워하시면(吾肸不喻慚肸伊賜等)
꽃을 꺾어 바치오리다(花肸折叱可獻乎理音如)

헌화가(獻花歌) 김완진 해석

다시 이틀 길을 가다가 또 임해정(臨海亭)에서

점심을 먹고 있었는데, 바다의 용이 갑자기 부인을 끌고 바다로 들어가버렸다. 공이 엎어지면서 땅을 쳐보아도 아무런 방법이 없었다. 또 한 노인이 말하기를, "옛 사람의 말에 여러 사람의 말은 쇠도 녹인다고 했으니, 이제 바닷속의 미물인들 어찌 여러 사람의 입을 두려워하지 않겠습니까? 마땅히 경내의 백성을 모아 노래를 지어 부르면서 막대기로 언덕을 치면 부인을 볼 수 있을 것입니다."라고 하였다. 공이 그 말을 따르니, 용이 부인을 받들고 바다에서 나와 바쳤다. 공이 부인에게 바닷속의 일을 물으니, 부인이 대답하기를, "칠보 궁전에 음식은 달고 부드러우며 향기롭고 깨끗하여 인간의 음식이 아니었습니다."라고 하였다. 이 부인의 옷에서는 이상한 향기가 풍겼는데, 이 세상에서는 맡아보지 못한 것이었다. 수로는 용모와 자색이 세상에서 뛰어나 깊은 산이나 큰 못을 지날 때마다 여러 번 신물(神物)에게 붙들려갔다.

해가(海歌)

거북아 거북아 수로 부인을 내놓아라(龜乎龜乎出水路)

남의 부녀 앗아간 죄 얼마나 큰가(掠人婦女罪何極)

네가 만약 거부하고 내놓지 않으면(汝若悖逆不出獻)

그물로 잡아서 구워 먹으리라(入網捕掠燔之喫)

《삼국유사》 기이(紀異)2 수로 부인(水路夫人)

수로 부인 이야기는 대중에게도 잘 알려진 만큼 그 유명세가 남다르다고 하겠다. 개인적으로는 언젠가 판타지 사극 드라마로 나오지 않을까 기대. 무엇보다 남편이 명주 태수, 즉 경주에서 강릉으로 이동하다 여러 사건을 경험하였기에 삼척시에서는 삼척 지역에서 일어난 사건으로 해석하고 있다. 물론 수로 부인이 어떤 장소에서 기이한 일을 경험하였는지는 명확하게 기록되어 있지 않으므로 이사부 때와 마찬가지로 여러 주장이 있지만 말이지. 그 결과 수로 부인 관련한 장소 역시 삼척에서 이사부처럼 여러 곳에 조성하였다.

해암정에서 700m 남으로 가면 해가가 불린 장소라며 정자를 만들었고, 해암정에서 30km를 남으로 가면 헌화가가 불린 장소를 조성해두었다. 특히 헌화가가 불린 장소는 '수로부인 헌화공원' 이라는 이름으로 어마어마한 규모의 공원을 만들었는데, 거대한 용을 타고 있는 수로 부인 조각으로 특히 유명하다. 꽤 장관이니 인생에 한 번은 방문을 추천.

수로부인 헌화공원 입구. ©Park Jongmoo
(아래) 수로부인 헌화공원 안에 있는 거대한 용을 타고 있는 수로 부인 조각. 사진 게티이미지

흥미로운 점은 워낙 유명한 데다 재미있는 사건이라 그런지 몰라도 수로 부인 관련한 논문만 40여 개가 훌쩍 넘는 등 정말 다양한 해석이 존재한다는 사실. 지금 이 순간에도 이야기에 등장하는 문장, 등장인물, 배경, 상징 등에 갖가지 주장이 계속 더해지고 있다. 예를 들면 수로 부인이 무속과 관련된 인물이라는 주장, 꽃을 꺾어 온 노인이 보통 인간이 아니라는 주장, 용을 비롯한 여러 신물(神物)이 수로 부인을 잡아가는 이유, 꽃의 의미, 대화의 뜻 등등.

솔직히 여러 논문을 읽어봐도 학자마다 주장이 제각각이라 난 잘 모르겠더라. 논리성과 별도로 너무 이야기를 복잡하게 꼬아 해석하는 경우가 있고 말이지. 다만 한 가지 분명한 것은 수로 부인이 무척 신비한 경험을 했다는 것만은 이해할 수 있었다. 그런데 신라 시대에 이처럼 해석하기 힘든 신비한 일을 경험한 이는 비단 수로 부인만은 아니었다.

기이한 경험을 한 여인들

처음 문희의 언니 보희가 경주 서악(西岳)에 올라가 오줌을 누는데 그 오줌이 수도에 가득 차는 꿈을 꾸었다. 다음날 아침 꿈 이야기를 여동생에게 했더니 문희가 이야기를 듣고 "내가 이 꿈을 사겠어요." 하였다. 언니가 말하기를 "어떤 물건을 주겠느냐?" 하자 문희가 "비단 치마를 주면 되겠지요." 하니 언니가 승낙하였다. 문희가 치마폭을 펼쳐 꿈을 받을 때 언니가 말하기를 "어젯밤의 꿈을 너에게 준다." 하였다. 문희는 비단 치마로써 그 꿈을 갚았다.

《삼국유사》 기이(紀異)1 태종춘추공(太宗春秋公)

가야계 진골인 김유신의 여동생 문희는 언니의 꿈을 비단을 주고 구입했는데, 그 때문인지 김춘추와 결혼하여 왕비가 된 이야기는 너무나 유명하다. 더욱이 해당 이야기의 마지막은 다음과 같이 마무리된다.

> 태자 법민과 각간(角干: 1등 관등) 인문 · 각간 문왕 · 각간 노차 · 각간 지경 · 각간 개원 등은 모두 문희가 낳았으니 당시에 꿈을 샀던 징조가 이와 같이 나타난 것이다.
>
> 《삼국유사》, 기이1, 태종춘추공

그렇다. 사실 신비한 꿈 이야기는 문희가 결혼한 것으로 끝이 아니라 김춘추와의 사이에서 문무왕 김법민을 포함해 여러 아들을 낳고, 그 아들 모두가 높은 지위에 올라간 것으로 마무리된다. 다만 사람들에게 널리 알려진 이야기는 결혼까지만 부각되었을 뿐 문희의 아들 부분은 잘 알려지지 않았지만 말이지. 결국 자손이 잘되면 높은 대우를 받던 문화에서 남다른 성공을 거둔 문희, 즉 문명 왕후에 대한 부러움이 만들어낸 설화였던 것이다. 개인적으로는 문희의 꿈 이야기가 실제 존재한 것이 아니라 김유신 가문이 신라 왕과 협력하며 삼한일통이라는 업적을 세우는 등 큰 성공을 하는 과정 중에 대중들이 믿게 된 신화로 여기고 있다.

그렇다면 수로 부인은 어떠했을까?

수로 부인 역시 김유신의 여동생 문명 왕후처럼 진골 출신이었다. 수로 부인의 남편인 순정공(純貞公)의 이름은 김순정으로 명주 태수를 거쳐 나중에 2등 관등인 이찬에 이르렀으며, 그의 딸인 삼모 부인은 신라 경덕왕이 아직 왕자 시절에 결혼하였다. 이는 곧 김순정이 신라 왕의 장인이 되었음을 의미하며 수로 부인은 신라 왕의 장모였던 것. 그러나 경덕왕은 즉위 후 아들을 낳지 못하자 743년 김순정의 딸과 이혼하고, 대신 그녀에게 사량 부인이라는 작호를 주었다.

세월이 흘러 754년에 사량 부인은 신라 왕실을 상징하는 황룡사에 큰 종을 만들어 시주하였으니, 이때 만들어진 황룡사 대종의 무게는 현재 남아 있는 국보 성덕대왕신종의 무려 4배에 이르렀다. 이처럼 여전히 사량 부인의 힘과 권력은 신라 왕실에 큰 영향력을 미치고 있었으며, 이는 경덕왕이 이혼 후에도 정치적 배려로 지원했기에 가능한 일이었다.

한편 경덕왕은 이혼 직후 만월 부인과 결혼했는데, 만월 부인은 다름 아닌 김순정과 수로 부인의 손녀였다. 마침내 만월 부인은 신라 왕실에서 그토록

원하던 아들을 낳았으니 그는 태종무열왕 직계로 마지막 신라 왕이 되는 혜공왕이다.

여기까지 살펴보았듯 수로 부인의 딸과 손녀가 경덕왕과 결혼한 데다 수로 부인 핏줄에서 신라 왕까지 탄생했음을 알 수 있다. 상황이 이러하니 당시 수로 부인은 누구나 부러워할 만한 높은 신분으로 인정받을 수밖에. 헌데 이러한 핏줄말고도 김순정 가문은 신라에 남다른 큰 공을 세웠으니. 수로 부인의 아들인 김의충(金義忠)은 자신의 딸인 만월 부인이 경덕왕과 결혼하기 전에 죽었지만, 살아생전에 당나라와의 외교전에서 빛나는 결과물을 가지고 온 외교관이었거든.

신라와 당나라는 648년, 김춘추와 당 태종 이세민 간 직접 만남에서 다음과 같은 동맹 약조를 맺었다. 신라와 당나라가 함께 고구려, 백제를 멸망시킨 후 평양 이남의 땅은 신라가 지배한다는 것이 그것이다. 하지만 두 나라는 약조와 달리 고구려, 백제 멸망 후 한반도 지배권을 두고 전쟁까지 벌인다. 그 결과 676년, 나당전쟁을 승리로 이끈 신라였으나, 오랜 기간 평양 이남 영토를 지배하는 것을 국제적으로 인정받지 못했다. 이는 동시대 국제 질서를 통제하던 강대국 당나라가 자신들의 패배를 쉽게 인정하지 않았기 때문.

그런데 수로 부인의 아들인 김의충이 735년, 당 황제를 직접 만나 평양 이남 땅을 정식으로 신라 영토로 인정한다는 조서를 받아왔으니, 이는 곧 나당 전쟁이 끝나고도 60여 년에 걸친 신라 외교전의 값진 승리였다. 이로서 지금의 황해도, 강원도 북부 지역까지 국내외적으로 완벽히 신라 영역이 되었기에 매우 의미 있는 사건이었다. 신라의 무력과 행정력을 통한 평양 이남 통치는 676년 이후 쭉 이어졌으나, 이를 국제적으로 인정받은 시점은 735년에 이르러 완료되었음을 의미했다. 지금도 국제 사회를 보면 영토를 지배하는 것과 이를 국제적으로 인정받는 것이 다른 경우가 비일비재하니까.

당연히 8세기 김순정 가문이 이룩한 공은 7세기 김유신 가문이 이룩한 공 못지않게 위대한 업적으로 칭송받았을 것이다. 이 시점이 바로 통일신라 최고 전성기이자 진골의 최고 전성기였다. 즉 여전히 진골이 국가를 위해 앞장서 활동하던 시대이자 진골의 이익이 국가의 이익과도 긴밀히 연결되던 시기라는 의미. 마침 이때는 통일신라 전성기를 상징하는 불국사와 석굴암이 또 다른 진골 가문인 김대성(金大城, 700~774)에 의해 조성된 시기이기도 했으니, 이처럼 8세기는 진골과 신라가 가장 자신 넘치던 시대임이 분명해 보인다.

수로 부인 손자

검교사(檢校使) / 병부령(兵部令) / 겸 전중령(殿中令) / 사어부령(司馭府令) / 수성부령(修城府令) / 감사천왕사부령(監四天王寺府令)이자 / 아울러 검교진지대왕사사(檢校眞智大王寺使) / 상상(上相) / 대각간(大角干) / 신(臣) 김옹(金邕)

성덕대왕신종명(聖德大王神鍾銘) 771년

국보이자 에밀레종으로 유명한 성덕대왕신종에는 제작에 참여한 여러 인물들이 기록되어 있으니, 이 중 가장 앞부분에 김옹이 등장한다. 그는 다름 아닌 김순정과 수로 부인의 손자로서 당시 관직과 관등은 위와 같았다. 그냥 한눈에 보아도 어마어마하

성덕대왕신종. 성덕대왕신종 제작에 이름을 올린 인물 중 맨 앞부분에 김옹이 등장한다. ©Park Jongmoo

게 길지? 이번에도 쉽게 읽어보기 위해 /로 벼슬을 구분하여 살펴보자면,

검교사(檢校使)는 사찰을 보호, 유지하는 관직으로 불교 왕국이었던 신라에서는 매우 의미 있는 업무였다. 여기에 병부령(兵部令)은 군사권을 책임지는 관직이며, 전중령(殿中令)은 신라의 궁을 통합 관리하는 관직이었다. 즉 김옹은 현 문화부장관처럼 여러 종교 시설을 지원하던 인물이자 현 청와대 민정수석처럼 신라 궁의 인력, 재산을 관리하면서, 현 국방부장관처럼 군사권까지 지니고 있었다. 한마디로 신라 왕을 제외하면 당대 최고 권력자였던 것. 특히 군사권과 더불어 궁까지 관리했던 만큼 이는 곧 당시 신라 왕과 혈연적으로 무척 가깝고 친밀한 인물임을 의미했다. 실제로 김옹은 당시 신라 왕의 외삼촌이었으니까.

뿐만 아니라 감사천왕사부령(監四天王寺府令)은 문무왕이 건립한 사천왕사를 관리하는 장관이며, 검교진지대왕사사(檢校眞智大王寺使)는 진지왕을 위한 사찰을 관리하는 장관을 의미했다. 각각의 사찰은 문무왕과 진지왕의 원찰이었으니, 이쯤해서 김옹의 핏줄을 대략 파악할 수 있겠군. 진지왕은 태종무열왕 김춘추의 할아버지이므로 이들 원찰을 관리하던 김옹은 분명 진흥왕–진지왕–김용수–태종무열

왕–문무왕 가계와 깊은 혈연적 관계가 있었던 것이다. 그렇다면 김옹을 포함한 수로 부인의 남편인 김순정까지 김춘추 후손으로 볼 수 있겠군. 여기다 당시 김옹의 관등은 대각간(大角干)으로서 1등 관등 각간에 명예를 하나 더 올린 관등이었으니, 이 정도 관등까지 올라간 이는 신라 역사를 통틀어도 소수에 불과했다.

이렇듯 수로 부인은 남편이 김춘추 후손으로서 뼈대 높은 진골 귀족이며, 딸과 손녀를 경덕왕과 결혼시킨 데다, 아들은 당나라와의 외교에서 신라에 큰 열매를 가져왔고, 손자는 신라 왕의 외삼촌으로서 신라 최고의 권력자로 올라서기에 이른다. 뿐만 아니라 외증손자는 신라 왕인 혜공왕이었다. 말 그대로 8세기 시점 최고의 진골 가문이 된 것이다.

결국 《삼국유사》에는 "수로 부인의 용모와 자색이 세상에서 뛰어나"라 표현되어 있지만, 이 역시 수로 부인과 결혼 후 그의 남편, 즉 김순정 가문이 남달리 성공한 것에 기인한 묘사일 가능성이 높다. 사실 김순정 가문과 복잡한 혼인 동맹을 맺은 경덕왕은 성덕왕의 셋째 아들인지라 왕이 될 가능성이 그리 높지 않았거든. 그러나 형들이 차례로 일찍 죽자 경덕왕이 왕위에 오르면서 김순정 가문 역시 어마어마한 성공의 가도를 경험한 것이다.

그 결과 당시 신라 사람들은 김순정의 권력이 그다지 높지 않던 명주 태수 시절 강원도 강릉을 가던 중 수로 부인이 온갖 기묘한 경험을 하게 되었고, 그 결과 운 좋게 신라 왕이 된 경덕왕과 더불어 신라에서 손꼽히는 진골 가문이 되었다고 믿었던 것이 아닐까?

그렇다면 혹시 수로 부인의 여러 일화는 처음에는 태몽 일종으로서 널리 알려진 것일지 모르겠다. 절벽에서 가져온 꽃은 어려운 기회를 통해 신라 왕과 결혼한 딸과 손녀를 의미하는 듯하고, 바다 안 용궁을 구경하고 용을 타고 돌아온 것은 수로 부인의 핏줄에서 귀한 이가 태어남을 의미하는 듯싶으니까.

휴~ 충분히 바다 풍경을 즐기고 시간을 확인해보니 오후 7시 14분이로군. 슬슬 오늘 여행은 마감하고 동해역 근처 무인 호텔에서 하루 자야겠다. 저녁도 먹어야겠고. 그럼 내일은 강릉에 가야겠다.

7
동해 삼화사

무릉계곡

아침형 인간을 넘어 새벽형 인간이라 일찍 일어나 동해역 근처 버스 정류장에서 버스를 탔다. 아침은 어제 숙소로 들어올 때 가득 사온 빵과 우유로 해결. 역시 아침에는 빵이 좋다니까.

현재 오전 6시 40분이니까. 음, 목표한 곳에 도착하면 오전 7시 조금 안 되겠군. 역시 동해의 새벽 공기는 차면서도 시원하다. 난 이런 새벽 느낌이 참 좋더라. 한 여름에는 새벽 3시에 일어나 안양천을 2시간 가량 돌고 집으로 돌아오는데, 한낮 기온이 거의 40도에 육박하는 무더위에도 새벽 3시는 무척 시원하거든. 또한 한여름에 새벽 3시에 운동하러 나가보면 은근 안양천변에서 운동하는 분들이 있다는 사

두타산 무릉계곡에 있는 무릉반석. ©Hwang Yoon

실. 나 같은 생각을 하는 사람이 생각보다 많나봄.

무릉계곡은 과거 삼척에 속한 곳이었으나, 지금은 행정구역상 동해에 속한다. 〈1박 2일〉 같은 유명 예능에도 등장할 정도로 워낙 유명한 계곡이라 폭포와 아름다운 자연 및 등산 코스로 잘 알려져 있다. 무릉계곡을 안고 있는 산 이름은 두타산으로, 여기서 두타(頭陀)는 산스크리트어의 두따(dhuta)라는 발음을 한자 발음으로 적은 것이다. 뜻은 '번뇌를 제거한다' 라는 의미를 가지고 있으니, 불교식 이름을 지닌 산에 속한 계곡이라 하겠다. 아무래도 불교가 번성하던 신라 시대 때 만들어진 산 이름이 아닐까 싶군. 그러다 조선 시대에 이르러 세상의 고민을 잠시 잊고 쉬는 장소로 유명해지다가, 비로소 도교식으로 무릉계곡이라는 이름이 붙여졌다.

그런 만큼 과거부터 이미 수많은 명사가 방문했으니 두타산 무릉계곡에 있는 무릉반석(武陵盤石)에는 조선 4대 명필가 중 하나인 양사언(楊士彦)의 석각(石刻)과 김시습(金時習)을 비롯하여 수많은 명사들의 시가 새겨져 있다. 이 역시 유명한 볼거리다. 뿐만 아니라 정조의 명을 받고 관동 여행을 하며 그림을 그린 김홍도 역시 무릉계곡에 들러 그림을 그렸다. 금강사군첩(金剛四郡帖)에 등장하는 무릉계(武陵溪)가 바로 그것.

또… 음, 맞다. 생각난다. 고려 후기의 문신인 이승휴(李承休, 1224~1300년)가 고려 왕에게 옳은 소리 하다 파직된 후 무릉계곡으로 왔었지. 그리고 이곳에 용안당(容安堂)을 짓고 은거하면서 그 유명한 《제왕운기(帝王韻紀)》를 집필하였다. 몽골의 침입으로 국내 정치 상황이 혼란했던 시기, 이승휴는 중국과 한국 역사를 정리하여 시 형식으로 부를 수 있

김홍도 〈무릉계〉, 《금강사군첩》. 개인 소장.

도록 구성했으니, 지금 눈으로 보면 노래 형식으로 만든 역사서라 하겠다. 마치 1991년 발표된 〈한국을 빛낸 100명의 위인들〉과 유사하다 보면 되려나?

"아름다운 이 땅에 금수강산에 단군 할아버지가 ~~"

갑자기 노래 가사가 생각나네.

마찬가지로 《제왕운기》에도 단군 부분이 있는데,

다음과 같다.

> 처음에 누가 나라를 세워 세상을 열었는가? 석제(釋帝)의 자손으로 이름은 단군(檀君)이라네. 요 임금과 함께 무진년에 나라를 세워, 순 임금 때를 지나 하(夏)나라 때까지 왕위에 계셨도다. 은(殷)나라 무정(武丁) 8년 을미년에 아사달산으로 들어가 산신이 되었네. 나라를 다스린 지가 1028년으로, 어찌 변화시켜 환인께 전할 것이 없었겠는가? 그 뒤 164년 만에 어진 사람이 다시 군신 관계를 열었도다.
>
> 《제왕운기》 권하(卷下) 처음에 누가 나라를 세워 세상을 열었는가

물론 원문은 한자로 씌어졌지만 한글 해석으로 읽어보아도 절로 음률이 느껴진다. 실제 《제왕운기》는 다른 역사서에 비해 내용이 간략하여 누구나 쉽게 이해할 수 있으며, 이는 이승휴가 노래처럼 쉽게 따라 부르며 역사를 공부할 수 있도록 구성한 것이다. 그런 만큼 번역본을 구해 한 번쯤 읽어보면 좋겠다. 무엇보다 발해를 한반도 역사로 처음 언급한 것으로 유명하니까. 《제왕운기》 중 "옛 고구려(高句麗)의 장수 대조영(大祚榮)" 이라는 부분이 그것.

이렇듯 무릉계곡은 오래 전부터 세상을 잊기에

좋은 장소로 명성이 자자했다. 여기에 또한 사찰이 있으니 삼화사가 바로 그중 하나다. 오늘 아침 무릉계곡을 가는 이유가 이곳을 방문하기 위함이거든. 그리고 다시 동해역으로 돌아와 강릉까지 기차를 타고 갈 예정.

삼화사

버스 종점에서 내려 계곡을 따라 천천히 올라가 본다. 한 10분 정도 걸으면 삼화사 도착. 와, 아침인데다 계곡이라 그런지 춥네, 추워. 대신 물소리는 경쾌하고 공기는 엄청 맑다. 안 그래도 공기 좋은 강원도지만 이곳은 아예 차원이 다르다. 슬며시 가방에서 토마토 주스를 꺼내 마시며 걸어간다. 이 시간에도 등산하는 분이 참 많네.

지금의 삼화사는 1979년 이전한 것으로 본래 삼화사는 여기서 동쪽으로 1.5km 떨어진 무릉계곡 하류에 위치했었다. 현재 무릉계곡 주차장 매표소가 위치한 장소다. 이전하면서 본래 삼화사에 존재했던 유물도 함께 이동했으니, 보물로 지정된 동해 삼화사 철조노사나불좌상(東海三和寺鐵造盧舍那佛坐像)이 대표적. 사실 오늘 이곳에 온 이유는 삼화사에서도 철로 만든 이 불상을 만나기 위함이거든.

한편 삼화사의 역사에 대해 여러 기록이 존재하나, 이 중 정확한 창건 시점은 글쎄다. 여하튼 지역 기록에 따르면 642년, 자장(慈藏) 대사가 당나라에서 돌아와 오대산을 돌다가 두타산에 와서 흑련대* 를 창건하였는데, 이것이 삼화사의 시작이라 한다. 다만 한국 사찰 역사를 따라가다보면 7세기 활동한 자장, 의상, 원효 세 분이 창건했다는 내용이 유독 많이 남아 있다. 이에 학자들은 해당 내용 대부분이 후대에 사찰 역사가 오래되고 높은 고승이 만들었음을 강조하기 위하여 슬며시 넣은 이야기로 판단한다. 실제로 세 분이 만든 전국 사찰 분포를 확인해보면 도저히 인간이 할 수 있는 범위와 능력이 아니거든. 오히려 이들 세 분을 스승으로 모신 제자와 후배 승려들이 만든 사찰 분포라 생각하면 어느 정도 이해된다.

한편 삼화사는 "국행수륙대재(國行水陸大齋)"로 유명한데, 수륙재(水陸齋)는 불교에서 물과 육지를 헤매는 영혼과 아귀를 달래고 위로하기 위해 불법

---

* 자장 대사가 만든 사찰이라고 전해지는데, 그냥 흑련대라고 기록되어 있을 뿐이다.

을 강설하고 음식을 베푸는 종교 의례다. 이 중 삼화사가 매년 10월 중에 개최하는 국행수륙대재는 국가무형문화재 제125호에 지정될 정도로 그 의미가 상당하다. 관련 역사는 다음과 같다.

고려가 망한 후 조선이 들어서자 태조 이성계는 고려 마지막 왕인 공양왕을 포함하여 수많은 고려 왕족을 죽였다. 이때 왕씨 성을 지닌 이를 깡그리 잡아 죽인 사건은 매우 잔인하여 사극에서 여러 번 묘사되었지. 하지만 조선이 어느 정도 자리 잡자 태조 이성계는 공양왕을 비롯한 고려 왕족을 위한 천도제를 삼화사에서 개최하도록 하였고, 이것이 지금까지 국행수륙대재로서 이어지고 있는 것이다.

그렇다면 왜 삼화사에서 개최했던 것일까?

이는 고려의 마지막 왕인 공양왕이 다름 아닌 삼척에서 목이 졸려 죽임을 당했기 때문이다. 조선이 건국되자 왕에서 퇴위되어 공양군(恭讓君)으로 강등된 그는 삼척으로 강제 이주했고, 2년 뒤인 1394년, 공양왕은 아들들과 함께 죽음을 맞이했다. 덕분에 삼척에는 공양왕릉이 존재하지만 경기도 고양시에도 다름 아닌 공양왕릉이 있어 의문을 준다. 이처럼 고려 마지막 왕의 무덤이 한반도 내 두 군데 있는 것이다. 그래서 삼척에서 죽임을 당한 직후 만들어진 무덤이 삼척의 공양왕릉이고, 조선 태종 시대인

1416년 공양군을 다시 고려 왕으로 복위시키면서 그의 무덤도 왕릉 격에 맞추어 시신을 옮겨와 새로 조성한 것이 현 고양시의 공양왕릉으로 보는 모양이다.

이렇듯 삼척에서 죽은 고려의 마지막 왕과 더불어 억울한 죽음을 당한 고려 왕족들을 위한 행사를 쭉 치러온 장소가 행정 구역이 삼척인 시절 삼화사였던 것. 그런 만큼 이곳이 오래 전부터 삼척을 대표하는 사찰로 널리 알려졌음을 의미했다. 그런데 삼화사의 철조노사나불좌상에는 사찰의 또 다른 역사를 우리에게 알려준다.

삼화사 삼층석탑. 回 형태로 여러 건물들이 빙 둘러 있는 장소 딱 중심에 위치하고 있어 묘한 매력을 준다. ©Park Jongmoo

철불에 있는 명문

일주문을 지나 조금 더 걸어 사찰 안으로 들어섰다. 마당에는 당당하게 삼층석탑이 서 있군. 특히 回 형태로 여러 건물들이 빙 둘러 있는 장소 딱 중심에 위치하고 있어 묘한 매력을 준다. 마치 태양계 중심에 위치하여 여러 별을 거느리고 있는 태양 같은 느낌? 보물로 지정된 높이 4.8m의 신라 탑으로 디자인적으로 볼 때 9세기 중반 것으로 보고 있다. 계곡에 있다보니 강한 바람을 많이 맞고 지냈는지 돌이 깨지고 마모된 흔적이 있지만, 전체적으로 균형감이 뛰어나다. 물론 삼화사가 이사할 때 같이 옮겨온 탑이기도 하다.

삼층탑 북쪽으로 계단을 따라 올라가면 적광전(寂光殿)이라는 건물을 만날 수 있는데, 이곳이 삼화사의 가장 중심 건물이다. 적광전은 다름 아닌 노사나불 = 비로자나불이 모셔진 장소로서, 경전에 따르면 비로자나불은 화엄경(華嚴經)의 부처이자 '진리' 그 자체로 설명되고 있다. 한편 화엄경은 부처가 첫 깨달음을 얻고 설법한 것이라 하는데, 내용은 석가모니불이 깨달음을 얻자 진리인 비로자나불과 일체가 되어 자신의 깨달음과 깨달음에 이르는 방법을 이야기하는 방식이다. 그런데 통일신라 시대에는 화엄경을 더 발전시켜 신라 화엄학을 정립하기에 이르렀고, 화엄종을 설파하는 화엄 사찰을 여럿 만들어 널리 알릴 정도로 열정을 보였다. 이를 통해 사상을 통합하여 왕권 강화를 위해 화엄경을 적극 활용하기도 했다. 심지어 일본까지 그 영향을 받아 신라 화엄학이 크게 유행했을 정도. 그런 만큼 삼화사의 적광전도 분명 신라 화엄종과 연결될 텐데, 그럼 적광전 내부로 들어가보자.

오! 멋지다. 적광전 안에는 철로 만들어진 앉은키가 144.4cm인 장대한 부처가 중간에 위치하고 양 옆으로 보살이 함께하고 있다. 보살은 디자인으로 볼 때 왼편은 지장보살, 오른편은 관음보살로 보이는군. 이전에 왔을 때는 분명 철불 하나만 있었던 기억인데, 그 사이에 두 보살을 새로 조성한 모양. 덕분에 내부가 꽉 차보여 만족스럽다. 이전에는 철불 혼자 있어 조금 외로운 느낌이었거든.

사실 삼화사 철불은 나와 남다른 인연이 있다. 어느 날 국립춘천박물관 전시를 보다가 전시실 벽에 동해 삼화사 철불 사진과 함께 설명이 적혀 있는 것을 확인한 후, 바로 그 길로 동해로 달려와 철불을 만난 적이 있거든. 당시 나는 통일신라 후반부터 고려 초까지 제작된 철불에 완전히 꽂혀 있어 전국에 존재하는 철불을 다 보고 말겠다는 열정을 보였을 때였다. 덕분에 국내에 존재하는 철불의 90%를 그 시점에 다 본 듯하다.

그런데 삼화사 철불은 지금의 완전한 모습과 달리 실제로는 수리가 많이 이루어졌다. 한때 손이 없고 하반신은 완전히 파손되었으며 머리와 상반신만 간신히 유지하던 것을 시멘트로 접착시켜둔 상태였다고 하는군. 이를 1997년, 문화재청 주도로 복원시키면서 현재의 모습이 된 것이다. 그런데 이처럼 복원하는 과정 중 불상 뒷면에 글씨가 새겨진 것을 발견하였다. 해당 명문은 1행에 17자씩, 세로로 10행이 남아 있었고 이 중 140자 정도가 판독이 가능했다. 뿐만 아니라 글자는 마치 레오나르도 다빈치의 거울 글씨처럼 거꾸로 뒤집혀 새겨져 있었으며, 한자 역시 이두 문자로서 우리말 어순에 맞추어 표기했다. 덕분에 많은 부분 수리가 있었음에도 1998년, 보물로 지정될 수 있었다.

삼화사 적광전에 모셔진 철조노사나불좌상. © Hwang Yoon

흥미로운 점은 삼화사 철불이 오래도록 약사불로 알려졌다는 것이다. 이는 꽤 오랜 기간 널리 알려졌던 삼화사 창건 설화에서 해당 철불을 약사불로 불렀기에 그리 이해한 듯싶다. 하지만 새로 발견된 명문을 살펴보니, 불상의 존명이 약사불이 아니라 '노사나불 '이라는 사실이 분명하게 명기되어 있었다. 노사나불은 비로자나불의 또 다른 명칭이었으니, 이로써 화엄경의 주요 부처로서 해당 불상이 조성됨을 의미한다. 결국 창건 설화는 불상이 조성된 후 시간이 한참 지나 더 이상 노사나불로 불리지 않게 된 어느 시점에 만들어졌던 것이다. 한국에 존재하는 설화 대부분은 이처럼 특정 유물을 시간이 지나 재해석한 경우가 많다. 설화를 완벽히 실제 있었던 사실로 보기 어려운 이유.

어쨌든 이에 따라 그동안 고려 초기에 제작된 약사불로 인식되던 삼화사 철불은 비로소 '삼화사 철조노사나불좌상' 이라는 명칭으로 알려졌고, 제작 시기 역시 이두 표기 및 명문 해석을 통해 통일신라 후반, 즉 9세기 중반 무렵으로 이해하기에 이른다. 이는 곧 삼화사 삼층석탑과 비슷한 시점에 불상이 조성되었음을 의미했다.

그렇다면 9세기 중반 이곳에 과연 어떤 일이 있었던 것일까?

9세기 중반 신라

785년, 태종무열왕 김춘추의 후손인 김주원이 신라 왕이 되지 못하고 강릉으로 이주한 후 원성왕의 후손들이 신라 왕을 이어가는 시대가 열렸다. 하지만 9세기 들어와 원성왕 후손들은 신라 왕위를 두고 내부 혈족 간에 치열한 혈투를 벌였으니, 마치 수양대군처럼 쿠데타를 통해 신라 왕이었던 조카를 죽이고 왕이 된 헌덕왕, 원성왕의 증손자이자 각각 가문의 병력을 이끌고 신라 왕이 되기 위한 내전을 펼쳤던 희강왕, 민애왕, 신무왕 등이 그 주인공이다.

지금까지 보았듯 엄청난 규모의 식읍과 인력을 독자적으로 사용할 수 있던 진골이다. 그들이 가문의 힘을 7세기 시점처럼 백제, 고구려, 당나라 같은 외부의 공통된 적과 싸우는 데 쓰기보다 내부 권력 쟁취를 위해 적극 사용하자 최악의 상황이 만들어졌던 것이다. 그 결과 유력자가 신라 왕으로 등극하면 또 다른 유력자가 가문의 병력으로 쿠데타를 일으켜 왕위를 빼앗는 일이 반복되었다. 이 과정에서 패배한 이들은 계속적으로 죽임을 당하니 이와 비례하여 중앙 권력의 힘과 권위는 갈수록 무너졌다. 드디어 진골의 이익이 나라의 이익과 연결되지 않는 시대가 열린 것이다.

이에 지방에서는 중앙정부의 공백을 틈타 서서히 호족들이 힘을 갖추기 시작한 반면, 강력했던 진골의 힘이 내전으로 인해 크게 약화된 만큼 중앙 정부에서 이들을 힘과 제도만으로 억누르는 것이 점점 불가능해졌다. 그 결과 9세기 중반부터 후반까지 즉위한 문성왕, 경문왕, 헌강왕, 정강왕, 진성여왕까지의 신라 왕들은 권력을 두고 일어나는 내전 수준의 다툼을 억제하고, 지방에 사찰을 건립하도록 문화 지원 정책을 적극적으로 펼쳤다. 세력이 커진 지방 세력을 문화로 통제하고자 한 것이다.

그 결과 철불을 모신 사찰이 이 시점을 기준으로 지방 곳곳에 등장했으니, 삼화사 역시 그 과정에서 만들어진 사찰이다. 삼화사 철불과 삼층석탑의 조성 시기가 9세기 중반인 이유 역시 당시 분위기가 이러했기 때문. 결국 삼화사는 7세기 중반 자장 대사에 의해 창건된 것이 아니라 실제로는 9세기 중반 창건된 것임을 알 수 있다. 그렇다면 삼화사는 누구의 주도로 만들어졌을까?

> 석가불 말법 300여 년에 불상을 만들 때에 ▨▨▨왕(王)이 결의를 다하여 가르침을 받기를 원하였다. 화엄업의 결언대대덕(決言大大德)이 백사(伯士: 6~4두품 장인에게 주는 호칭)가 되었다. 승려 승거(乘炬)는 발심단월(후원자)이 되었고, 승려 청묵(廳默), 승려 도리(道利) 등은 상좌가 되어, 시방의 단월들이 한마음 한뜻으로 발원하여 노사나불을 만들었다.
>
> 삼화사 철조노사나불좌상 명문

삼화사 철조노사나불좌상 명문에는 결언(決言) 스님의 주도로 불상을 만들었다고 기록되어 있다. 사찰에서 가장 중요한 불상을 만드는 일을 주도한 만큼 당연히 삼화사 창건에도 그가 큰 영향을 미쳤을 것이다. 한편 결언 스님은 9세기 중반 해인사 주지로 활동했으며, 경문왕(景文王, 861~875년 재위)의 초청으로 경주를 방문한 적이 있는 고승이었다.

이때 그는 경문왕의 명에 따라 숭복사에서 원성

왕 명복을 위한 5일 간의 화엄경 설법을 하였다. 어제 경주 원성왕릉를 방문했을 때 최치원의 비석이 있다고 소개했던 그 숭복사 맞다. 또한 883년에는 헌강왕의 명으로 지리산에 사찰을 만들었으며, 886년에는 최치원의 형인 현준(賢俊) 스님과 더불어 화엄사, 부석사 등에서 화엄경과 관련한 일을 했다는 기록이 남아 있다.

이렇듯 결언은 6두품 출신으로 추정되며, 신라 왕과 남다른 인연이 있었다. 또한 높은 승려에게 붙이는 대덕(大德)이라는 존칭을 받았고, 삼화사를 창건할 당시에는 대대덕(大大德)이라는 대덕보다 더 높은 존칭으로 불리던 인물이었다. 그런 그가 ▨▨▨왕의 지원으로 승려 승거(乘炬), 청묵(廳默), 도리(道利) 등과 함께 삼화사 불상을 조성한 것이니, 이때 ▨▨▨왕은 시기상 경문대왕을 표기한 것으로 여겨진다.

자, 여기까지 살펴봤듯이 삼화사는 신라 왕의 지원으로 신라 왕과 연관된 승려의 주도 아래에 만들어진 사찰이었다. 그만큼 당시 신라 정부가 문화 정책을 위해 삼척, 동해 지역에 큰 관심을 보인 것이다. 그런데 바로 이 시점 가까운 강릉에는 범일국사(梵日國師, 810~889년)라는 인물이 있었으니, 그는 결언 스님과 달리 신라 왕이 여러 번 초청했음에도 이를 매번 거절하면서 강릉을 중심으로 지방 세력과의 협력을 통해 불법을 널리 알리고 있었다. 또한 화엄경을 중심으로 한 결언 스님과 대비되듯 새롭게 유행하던 선종을 바탕으로 영향력을 높이던 인물이기도 했다.

그럼, 이제부터 강릉으로 가서 강릉 김씨 시조인 김주원과 더불어 범일국사 이야기까지 살펴보기로 하자. 두 인물 모두 통일신라 시대 경주 중심의 문화에서 탈피하여 지방인 강릉에서 영향력을 키운 인물들이니까, 분명 어떤 공통점이 있겠지.

8
강릉 가는 길

동해안 철기 중심지

삼화사와 무릉계곡을 오전 10시 무렵까지 충분히 즐기며 구경한 후 다시 40분 간 버스를 타고 동해역으로 돌아왔다. 정류장에서 내려 한참 동해역으로 걸어가다 발걸음을 반대 방향으로 옮겨본다, 어제 잠을 잔 숙소 근처에 "수제 왕 돈가스 매니아"라는 가게가 있어 먹고 싶었는데, 오~ 마침 문을 열었군. 분위기를 보니 내가 첫 손님인가?

가게에 들어서 메뉴를 보니까, 돈가스말고 세트메뉴도 있네? 돈가스에다가 4000원 플러스하면 물회가 추가되나보다. 먹는 김에 세트로 '왕치즈돈가스 + 물회'를 시켜본다. 물회가 먼저 나와서 비벼 먹어보니, 바닷가 근처라 그런가 매우 시원하고 맛있군.

왕치즈돈가스 + 물회. ©Park Jongmoo

드디어 왕치즈돈가스가 나온다, 오~ 일반적으로 알고 있듯 치즈가 돈가스 안에 있는 것이 아니라 돈가스 위에 올려져 있네? 먹어보니 쫀득쫀득한 맛이 일품이다. 굿. 반찬으로 나오는 미역국과 함께 먹으니 아주 푸짐하군. 어느덧 배가 가득 찼다. 이 가게 반드시 기억해두자. 돈가스를 무척 좋아하는 입장에서 볼 때 전국에서 다섯 손가락에 꼽히는 가게다.

배를 채운 후 다시 동해역으로 이동한다. 역은 오래된 느낌이 강하지만 그럼에도 외부와 내부가 깔끔하게 잘 관리되어 있다. 덕분에 뭔가 단단한 격조마저 느껴진다. 예전과 달리 KTX가 다니는 중인데, 서울에서 오고가는 열차인가봄. 이제 여기서 오후 1시 누리로 열차를 타고 강릉으로 가면 된다. 아직 1시간이나 남아 할 일이 없으니, 떠나기 전 이곳 정보

를 마지막으로 하나 더 알려줘야지~

동해역 근처에는 동해 송정동 철기 시대 유적(東海松亭洞鐵器時代遺跡)이라는 장소가 있는데, 1996, 1999, 2000, 2004, 2009, 2010, 2011, 2012년 등 여러 차례 조사를 통해 많은 유물이 출토되었다. 은제 귀걸이, 관옥, 곡옥, 유리 구슬, 토기 등이 그것. 그뿐 아니라 철을 제조하던 흔적인 송풍관, 철기, 쇠찌거기가 발견되면서 이 주변이 철기를 바탕으로 한 대규모 마을이 있었음이 드러났다. 그리고 마을은 갈수록 규모가 커져 4세기 중반까지 이어졌다는군. 운 좋게 이곳 조사에 참가했던 고고학자 분을 만날 기회가 있어 직접 여러 정보를 들을 수 있었지. 그 규모가 어느 정도냐면 지금까지 발견된 동해안 철기 유적 중 가장 규모가 크다고 한다. 이에 따라 학계에서는 약 41만 6000m² 정도의 규모(12만 평)에 1,600호의 집, 인구로 보면 최소 8000명이 존재하던 실직국의 중심지로 추정하고 있다.

그렇다. 어제 삼척의 실직군왕릉을 방문했을 때 포항의 음즙벌국(音汁伐國)과 삼척의 실직곡국(悉直谷國) 간 3~4세기 초반 다툼을 금관가야가 정리해 준 내용을 이야기했었는데, 그때 실직곡국, 즉 실직국이 존재한 중심지가 다름 아닌 이곳 동해역 주변이었던 것.

동해 송정동 철기 시대 유적. ©Park Jongmoo

> 가을 7월에 실직(悉直)이 반란을 일으키니, 병사를 출동시켜 토벌하여 평정하고, 남은 무리들을 남쪽 변경으로 옮겼다.
>
> 《삼국사기》 신라본기 파사왕 25년(104)

하지만 송정동 철기 시대 유적의 시대는 4세기 중반을 기점으로 크게 약화된다. 이는 이 시점부터 신라에서 적극적 관리에 나섰기 때문이다. 위의 기록이 바로 그것으로 신라에 복속된 실직이 반란을 일으키자 이를 토벌한 후 그곳 사람들을 다른 곳으로 옮겨버린 사건이다. 다만 포항의 음즙벌국(音汁伐國)과 삼척의 실직곡국(悉直谷國) 간 다툼을 102년 역사로 기록한 것처럼 해당 역사 역시 104년 역사로 기록되어 있으나, 이 지역 고고학적 조사와 연결하면 실제 해당 사건은 4세기 중반에서 5세기 시점의 일로 보인다.

동해항 바로 남쪽에 위치한 북평 산업 단지에는 과거 추암동 고분이 있었는데, 실직국이 약화됨과 동시에 이곳 세력이 강해지기 시작했다. 6세기에 제작된 신라 동관이 추암동 고분에서 발견되었으니 말이지. 이는 곧 송정동 철기 시대 유적을 대신하여 동해항 남쪽에 친 신라 세력이 자리 잡았음을 보여준다. 또한 이곳 역시 대가야 멸망 후인 6세기 중후반, 대가야 사람들이 신라 정책으로 인해 이주한다. 해당 고분에서 대가야 유물이 발견되는 것으로 이런 분위기를 파악할 수 있음. 현재는 북평 산업 단지를 만드는 과정 중 북평 제2공원으로 일부 고분을 옮겨놓았다.

이렇게 연결시키다보니, 이사부가 실직주 설치 후 배를 타고 울릉도를 정복하러 출발한 곳 역시 동해항 주변이 아닐까 하는 생각이 드는군. 이 주변으로 동해안에서 가장 큰 규모의 세력이 있었던 만큼

동해 추암동 고분에서 출토된 신라 동관과 재현품. 국립춘천박물관.

울릉도와 교류 역시 많았을 것이다. 덕분에 울릉도에 존재하던 우산국의 정보를 얻고 사람을 모아 배를 제작하는 데 큰 이점이 있었을 테니까. 뿐만 아니라 동해역 바로 옆에 위치하는 동해항 역시 1975년 현대적 항만으로 개발되기 이전부터 오랜 기간 존재하던 항구였거든. 바다로 연결되는 강도 있고 말이지. 실제로 이곳에는 과거부터 배를 탈 수 있던 포구와 더불어, 지금은 동해항을 만들며 사라졌지만 송정해변이라는 해변까지 존재했었다.

뭐. 개인적으로 이사부의 울릉도 출발지를 그렇게 생각한다는 것. 이제 조금 더 기다리다 강릉행 열차를 타자.

열차를 타고

강릉으로 가는 누리로는 4량이 연결된 작은 열차다. 대학 시절 기분이 꿀꿀할 때 수업이 끝나자마자 학교에서 가까운 청량리역으로 가서 기차를 타고 정동진에 여행간 적이 있었는데, 그때는 비둘기호였나? 통일호였나? 기억이 가물가물. 어쨌든 누리로 열차는 그 후신인 듯싶다.

동쪽 해안가가 보이는 창가에 앉는다. 열차가 출발하고 얼마 뒤부터 동해 바다가 보이는데, 와우! 아름답다. 아름다워. 버스로 포항에서 삼척까지 올 때보다 바다가 더 잘 보이는 느낌. 이런 시원한 분위기로 열차는 동해역→묵호역→정동진역→강릉역까지 이동한다. 강릉에 도착하면 오후 1시 48분이라 하는

정동진. ©Hwang Yoon

군. 바다와 함께하는 시원한 분위기는 정동진역에 열차가 도착했을 때 최고다. 잘 꾸며진 역 앞으로 당장 내리고 싶은 충동이 느껴질 정도로 기찻길과 바다가 가까우니 말이지. 사람들이 "정동진, 정동진" 하는 이유가 다 있어.

그렇게 가까스로 마음을 다잡고 강릉으로 계속 간다.

정동진을 지나자 어느덧 바다 감상을 끝내고 슬

을 새로운 생각에 접어든다. 강릉 김씨의 시조인 김주원 역시 이 지역을 바다를 감상하며 이동했을 텐데. 물론 지금의 나처럼 즐거운 여행은 결코 아니었을 것이다. 신라 왕이 될 수 있었던 절호의 기회를 놓치고 안타까움과 허전함이 무척 컸을 테니까. 그런데 왜 김주원은 권력 싸움에서 벗어난 직후 강릉으로 간 것일까?

> 정신대왕(淨神大王) 태자 보천, 효명 두 형제가 하서부(河西府, 강릉)에 이르러, 세헌(世獻) 각간의 집에서 하룻밤을 머물렀다. 이튿날 큰 고개를 지나 각기 무리 천 명을 거느리고 성오평에 이르러 여러 날을 유람하더니, 문득 하루 저녁은 형제 두 사람이 속세를 떠날 뜻을 은밀히 약속하고 아무도 모르게 도망하여 오대산에 들어가 숨었다. 시위하던 자들이 찾지 못하고 경주로 돌아갔다.
>
> 《삼국유사》 제4 탑상(塔像第四) 대산오만진신(臺山五萬眞身)

위 기록은 《삼국유사》에 나오는 전설 같은 이야기로 정신대왕(淨神大王)은 문무왕의 아들인 신문왕으로, 보천과 효명은 신문왕의 왕자로 파악하고 있다. 한편 두 왕자는 강릉의 세헌 각간(1등 관등) 집에서 하룻밤을 머물고 오대산으로 가서 수행을 하였으니, 루트를 보자면 '경주 → 강릉 → 큰 고개(대관령) → 오대산'으로 이동한 듯 보인다. 이 이야기 덕분에 오대산은 신라 왕자가 수련한 한국의 유명한 불교 성지로 알려졌으며, 현재도 월정사와 상원사를 포함한 여러 불교 유적지가 신라 시대부터의 명성을 이어가고 있다.

그런데 위 기록 중 두 왕자가 머문 세헌 각간의 집이라는 표현에 흥미가 가는걸. 신라 1등 관등을 지닌 세헌이라는 인물의 집이 다름 아닌 강릉에 있다니 말이지. 다만 당시 각간 정도의 관등을 지닌 이라면 당연히 수도인 경주에 지내며 집 역시 경주에 있지 않았을까? 그렇다면 강릉 집은 혹시 이 지역 식읍과 관련한 장소일 수 있겠다. 이와 연결되는 또 다른 기록을 살펴보자.

> 신라 때 북택청(北宅廳) 터를 희사하여 이 절을 세웠더니 중간에 오랫동안 폐사되었고.
>
> 《삼국유사》 제4 탑상(塔像第四) 백엄사 석탑 사리(伯嚴寺石塔舍利)

경상남도 합천군의 백엄사라는 사찰에 대하여 위와 같은 기록이 있는데, 여기서 북택청은 북택(北宅)의 관청(廳)이라는 의미다. 그런데 북택은 경주에 존재했던 39개 금입택(金入宅) 중 하나로서 당대 이름 높은 진골의 저택이었다. 이로써 합천군에 한 때 북택의 관청이 있었으며, 이는 곧 주변 식읍을 관리하던 곳으로 파악할 수 있겠다.

또한 위 기록처럼 이러한 진골 가문의 관청은 나중에 절로 만들어지기도 했다. 관청을 사찰로 만들어 주변 식읍을 관리하는 방식이 그것이다. 불교가 점차 귀족 종교에서 대중 종교가 되면서 단순한 관청보다 사찰로 두고 관리하는 것이 갈수록 유리한 점이 많기 때문.

이처럼 곳곳에 식읍을 거느렸던 신라 진골들에게는 해당 지역마다 남다른 연고가 있을 수밖에 없다. 그럼, 이 김에 김주원의 선조인 김인문의 식읍을 한 번 살펴볼까?

656년 태종무열왕으로부터 식읍 300호

662년 문무왕으로부터 본피궁(석씨 가문)의 재화와 토지 반을 받음

666년 당황제로부터 우효위대장군(右驍衛大將軍) 직위와 함께 식읍 400호

668년 문무왕으로부터 식읍 500호, 당 황제로부터 식읍 2000호

669년 문무왕으로부터 말 목장 5개

690년 당황제로부터 임해군개국공(臨海郡開國

公)에 제수

기록에 남아 있는 김인문의 식읍의 규모는 이 정도다. 대충 합쳐보면 식읍 3200호+말 목장 5개+본피궁 토지 절반 등이며, 해당 식읍을 모두 합쳐 받은 것으로 가정한다면 무려 인구 1만 6000명 이상이 김인문 아래 존재했음을 의미했다. 여기에 해당하는 토지 규모는 너무 커서 감히 계산을 못하겠군. 그래도 한 번 도전해보자면 참고로 백제 멸망 직후인 663년, 문무왕이 김유신에게 내린 토지가 500결(235만 평)이었으니, 이는 평촌 신도시의 1.5배 규모에 해당했다. 다만 고대 시대에는 휴경지가 많았기에 이 정도 토지를 400~500명이 경작했거든. 그렇다면 1만 6000명이 경작하는 규모는 음, 7520만 평? 대략 서울의 40% 규모로군.

자료가 부족한 만큼 대충 계산해보았지만, 그럼에도 어마어마하지? 물론 당시 김인문보다 김유신이 받은 식읍은 더 넓었으니, 7세기 시절 김인문은 총 식읍 규모에 있어 김유신에 이은 2위에 해당했으니까. 또한 이러한 식읍은 한 군데 뭉쳐 있는 것이 아니라 한반도 여러 지역에 산재하여 위치하고 있었거든.

웅천주(熊川州, 충청남도) 서남쪽 모퉁이에 절이 하나 있으니, 이는 나(김흔)의 조상 임해공(臨海公, 김인문)이 봉해진 곳입니다. 그 사이 화재와 자연 재해로 사찰이 반이나 재로 변해버렸으니, 자비롭고 사리에 밝은 분이 아니라면 누가 사라진 것을 일으키고 끊어진 것을 이을 수 있겠습니까. 억지로라도 이 늙은 사람을 위하여 주지해주시겠습니까?" 라고 하였다. 대사(무염)가 답하기를, "인연이 있으니 머무르겠습니다." 라고 하였다.

보령 성주사지 낭혜화상탑비(保寧 聖住寺址 朗慧和尙塔碑)

김주원의 증손자인 김흔(金昕, 803~849년)은 자신과 마찬가지로 태종무열왕의 후손이었던 낭혜무염(朗慧無染) 대사에게 가문의 절 운영을 맡겼다. 그런데 이때 맡긴 사찰은 7세기 김인문이 임해공으로 봉해지며 얻은 영지 내에 있었으니, 충청남도 보령 성주사지가 바로 그 흔적이다. 즉 지금의 성주사지를 포함한 보령의 상당 규모 땅은 과거 김인문의 식읍이었던 것. 이렇듯 당시 진골은 식읍 관리를 위해 그곳에 가문의 관청 또는 사찰을 만들었으며, 이를 대대로 세습했던 것이다.

이를 볼 때 김주원이 강릉으로 이주한 이유가 명백해지는걸. 가문의 여러 식읍 중 강릉에 자신의 선조인 김인문으로부터 이어오던 넓은 식읍이 위치한 데다 리모델링하면 금세 집으로 사용될 만한 가문의 관청이 있었기 때문이다. 물론 강릉에는 세헌 각간의 식읍이 있는 등 여러 진골들의 식읍이 함께하고 있었지만, 진골 신분, 그것도 왕위 계승권에 가장 가까웠던 인물이 잠시 방문이나 여행도 아닌 아예 이주하여 살게 된 것은 매우 보기 드문 사건이었다.

강릉역

강릉역에 도착했다. 시간을 확인하니, 정확히 오후 1시 48분이네. 오호. 역시 기차는 시간이 정확하다니까. 물론 버스도 요즘 시간을 꽤 잘 지키지만, 기차는 과장해서 초까지 맞춰 도착하니까.

강릉역에 내려 나를 기다리는 택시를 타러 이동한다. 실은 어제 숙소에 들어가자마자 관광 택시 대절을 신청했거든. 실제로 제주, 경주뿐만 아니라 요즘은 강원도 여러 지역에서도 관광 택시 요청이 가능해졌다. 아무래도 강원도의 경우 대중교통의 한계로 자가용이 없다면 여행이 조금 힘들 수 있을 텐데, 이런 시스템이 도입되어 굿. 이 경우 자동차를 렌트하여 직접 운전하며 다니는 것보다 몸이 편하고, 여행 중 강릉의 진짜 이야기를 현지인인 기사님을 통해 들을 수 있어 좋다. 오늘은 반나절 대절을 선택하였으니, 시간으로 보면 4시간 동안 이용하는 방식이다.

약속된 주차장으로 가서 기사님을 만났다.

"안녕하세요." 서로 인사를 하고 "강릉 선교장부터 가겠습니다." 하니

"예예. 출발하겠습니다." 하고 응답한다. 그럼 고고~

강릉 선교장은 신사임당과 율곡 이이로 유명한 오죽헌, 최초의 한글 소설을 쓴 것으로 유명한 허균 및 그녀의 여동생인 시인 허난설헌의 생가터 등에 비해 유명하지 않으나, 역사가 300년 가까이 되는 규모 있는 저택으로 남다른 품격을 지니고 있는 장소다. 방문해보니 오죽헌보다 한적한 대신 분위기는 훨씬 더 좋더군. 그래서 이곳을 우선 들른 후 다음 강릉 여행을 이어가려 한다. 대신 이번 여행에서는 오죽헌, 허균 생가터 등은 방문하지 않을 예정이다. 워낙 유명해서 안 가본 분이 드물 듯싶고 말이지.

강릉선교장

택시로 10분도 안 걸려 강릉 선교장(江陵船橋莊)에 도착했다. 원하는 장소에 도착하면 기사님은 알아서 기다려준다. 이렇듯 편한 여행이 가능하니, 다시 한 번 언급하지만 관광 택시를 강력히 추천~

선교장은 강릉을 상징하는 경포호가 지금보다 훨씬 넓었을 때 배를 타고 건너 다녔다 하여 선교(船橋), 즉 배다리라는 이름이 붙여진 것이라 한다. 이런 운치 있는 이름을 가진 저택의 첫 주인은 효령대군 11세손인 이내번(李乃蕃, 1703~1781년)이라 하더군. 효령대군 하면 조선 태종 이방원의 둘째 아들이자 동생은 그 유명한 세종대왕이다. 그런 만큼 조선 시대에는 누구에게나 인정받을 만한 당당한 가문의 핏줄을 지닌 인물임을 알 수 있다.

그런데 이내번은 충주에서 살다 강릉으로 이주하고, 처음에는 경포대 근처에서 살았다고 전한다. 그러다 어느 날 족제비 떼를 쫓다가 현재의 선교장 터를 발견하고는 좋은 장소임을 깨닫고 이곳에 집을 짓게 된 것이다. 터를 잡은 뒤로 이내번의 아들 이시춘(1736~1785년), 손자 이후(1773~1832년)가 대를 이어 발전시키면서 이들 가문은 기존 강릉 명망가보다 훨씬 유명해졌다. 무려 강원도 유일의 만석꾼이 되었다고 하니까. 한때 강릉을 기반으로 남으로는 동해와 삼척, 북으로는 양양과 속초까지 가문의 농토가 있었다고 한다.

선교장 역시 가문의 명성이 높아지는 만큼 당연히 강릉을 대표하는 저택으로서 명성을 쌓았다. 무려 99칸으로 알려진 지금의 저택 모습이 바로 그것. 당시 주택의 규모가 100칸 이상은 왕이 거쳐하는 궁궐을 상징했던 만큼 민간 주택은 99칸을 최대로 두었다. 덕분에 조선 시대 거대한 주택을 보통 99칸이라 일컫거든. 다만 선교장 실제 규모는 건물 9동에 무려 102칸이라 하더라. 즉 102칸인데 대외적으로는 99칸이라 줄여 일컬어진 것. 참고로 1칸은 기둥과 기둥 사이의 공간을 세는 것으로, 지금 기준으로 환산하면 약 6.24m = 약 1.8평에 해당한다.

강릉 선교장. ©Park Jongmoo

이처럼 18~19세기를 거치면서 이들은 강릉을 대표하는 가문으로 성장하였는데, 당시 관동과 금강산을 구경하러 온 사람들에게 4~5일 무료로 숙식을 제공하는 것으로 유명했다. 오죽하면 손님이 오래 머물러도 대놓고 나가라 하지 않았다고 하니까. 다만 반찬 숫자를 줄이거나 밥과 그릇 위치를 바꾸는 방식으로 슬며시 오래 머물었음을 알려주면 손님이 알아서 눈치껏 떠나는 시스템이었다고 하는군. 이처럼 부를 덕 있게 사용하여 높은 명성을 쌓았기에 선교장 내 유물 박물관에는 추사 김정희, 대원군, 김구 등 이곳을 방문한 유명인의 이야기가 전시되어 있다.

역사를 살펴보며 35분 간 구경하다보니, 참 운치 있고 멋진 저택이라는 생각이 드네. 그런데 말이지. 선교장 저택 및 가문의 역사를 살펴보니까 웬걸. 신라 시대 세헌 각간의 강릉 집에 신라 왕자가 여행 중 머물었다는 내용이 다시금 떠오른다. 그렇다. 부호의 집에 손님이 머무는 것은 비단 조선 시대뿐만 아니라 신라 시대부터 존재하던 오랜 전통이었던 것.

그리고 99칸, 실제로는 102칸에 해당하는 거대한 저택 규모를 보니, 강릉 김씨의 시조인 김주원이 강릉으로 이주한 뒤 살게 된 집 역시 그 규모가 상당하지 않았을까 하는 생각으로 이어졌다. 왕위 계승권에 가까웠던 인물인 만큼 기존의 식읍을 관리하던 가문의 관청을 크게 확장시켜 신라 왕의 궁궐과 비교될 만한 큰 저택을 만들었을 테니까.

그래, 솔직히 말하자면 오늘 강릉 선교장을 강릉에서 가장 먼저 방문한 이유는 통일신라 시대 김주원의 저택 명성과 규모를 상상하기 위함이다. 마침 선교장의 모습은 이를 대입하여 상상하기에 딱 좋으니까. 물론 태종무열왕의 둘째 아들 김인문 후손인 김주원의 강릉 주택은 현재 어디에 존재했는지 알 수 없다. 그러나 통일신라 시대 강릉, 더 나아가 관동 지역에서 김주원 가문의 명성은 조선 시대 선교장의 주인이자 태종 이방원의 둘째 아들 효령대군의 후손인 이내번 가문 못지않았을 테니까.

9
강릉과 군사 기지

경포대

오늘 남은 일정 때문에 선교장은 대충 이 정도만 구경하고 나왔다. 다음에 방문할 때는 여유를 가지고 선교장 내에 있는 카페에서 차도 마시며 2시간 정도 지내볼까 싶군. 그럼 택시를 다시 타고 경포대로 이동.

경포대가 위치한 경포호는 바다와 인접한 호수로 잘 알려져 있지. 특히 횟집이 동쪽 해안가, 즉 호수와 바닷가 사이의 경포해수욕장을 따라 쭉 배치되어 유명한데, 택시 기사님 말로는 요즘 10~30대 젊은 관람객들은 안목해변에 있는 강릉 커피 거리에 주로 가고, 경포호는 상대적으로 잘 안 간다고 한다. 심지어 경포대 누각마저 잘 모른다고 함. 오! 재

경포대. 제일강산이라는 현판이 붙어 있는 경포대 내부와 경포대에서 바라본 경포호 풍경. ©Park Jongmoo

미있는 정보다.

경포대 주차장에 도착해 언덕의 계단을 따라 조금 올라가니, 큰 규모의 누각이 등장한다. 삼척의 죽서루에는 관동제일루(關東第一樓)라는 현판이 있다면, 강릉의 경포대에는 제일강산(第一江山)이라는 현판이 누각 내부 중심에 위치하고 있다. 두 지역 간 라이벌 의식이 조금 느껴지는걸.

경포대는 보물로 지정된 누각으로 당연히 역사도 오래되었다. 조선 시대인 1508년에 이곳에 자리 잡은 후 무려 7차례 중수가 있었다고 하니까. 이 역시 삼척 죽서루와 비견되는군. 그리고 경포대 또한 정철의 관동별곡에서 언급되는 장소이기도 하다. 그렇다면 김홍도는? 당연하지. 김홍도 역시 정조의 명을 받고 관동을 돌다 이곳을 방문했다. 그리고 그림을 그렸으니, 《금강사군첩》 중 〈경포대〉가 바로 그것. 이 김에 그림 소개도 함께 해볼까? 이처럼 강원도 동해안을 방문하던 이들을 이곳에서 다시 만나게 되는구나.

경포대에서 바라본 경포호는 넓고 시원하게 펼쳐져 보인다. 다만 과거에는 이보다 훨씬 호수가 넓었다고 한다. 흘러들어오는 토사의 퇴적과 호수를 채워 논으로 만드는 일이 계속 이어지면서 규모가 계속 줄어들었다고 하는군. 오죽하면 호수 주변 둘

김홍도 〈경포대〉, 《금강사군첩》. 개인 소장.

레가 한때 12km에서 4km로 줄어든 상황이 지금의 경포호라고 하니까.

경포대에서 주변을 계속 바라보다가 누각 정면 2km쯤에 강릉고등학교가 있다는 생각이 났다. 여기서 보이려나? 눈이 나빠 잘 모르겠군. 택시 기사님 말로는 고교 평준화 이전의 강릉고등학교는 서울대를 매년 30명씩 보내는 대단한 명문이었다고 한다.

덕분에 주변 도시에서 공부 잘하는 아이들이 유학 오듯 모이던 학교였다고. 다만 강릉고등학교 출신 상당수는 서울로 유학 간 후 고향으로 돌아오지 않은 관계로, 지역 인맥은 오히려 강릉농고가 더 강하다고 하더군. 갑자기 기사님이 언급한 강릉농고가 어딘지 궁금해져서 스마트폰을 꺼내 검색해보니 강릉중앙고의 예전 이름이구나.

그런데 왜 내가 강릉 출신도 아닌데 강릉고등학교를 아냐면, 강릉고등학교 100m 서남쪽에 사적 490호 강릉 초당동 유적이 있어서 말이지. 예전에 그곳을 방문했다가 근처 사랑채막국수 집에서 막국수를 먹은 적이 있거든. 막국수 맛은 무척 좋았는데, 초당동 유적에는 볼 것이 별로 없어 아쉬웠던 기억이 난다. 그래서 오늘은 안 갈 예정이다. 어쨌든 이처럼 강릉고등학교 주변을 다녀온 추억이 있다는 사실.

당시 내가 초당동 유적에 관심을 보인 이유는 사실 간단하다. 이곳에서 다름 아닌 5세기 신라 금동관이 발견되었으니까. 신석기, 청동기, 철기 시대, 삼국 시대에 이르는 주거지와 고분 유적이 함께하는 초당동 유적지를 발굴하며 찾아낸 성과였다. 이를 바탕으로 알 수 있는 점은 5세기 시점 강릉은 신라의 간접 지배가 있었으며, 따라서 이 지역 권력자

초당동 유적. ©Park jongwoo (위) 초당동 유적에서 출토된 신라 금동관과 재현품. 국립춘천박물관.

에게 금동관을 수여했던 것이다. 삼척뿐만 아니라 강릉 역시 오래 전부터 신라가 특별한 관심을 보인 지역임을 알 수 있다. 이쯤해서 신라 이야기로 다시 넘어가보자.

북방을 지키는 군사 기지

신라 시절 동해안에는 군사 행정 구역으로 북진(北鎭)이 존재했다. 이는 북쪽에 위치한 군진(軍鎭)이라는 의미로, 이와 유사한 시스템으로는 청해진이 특히 유명할 듯싶군. 다 알다시피 장보고의 청해진(淸海鎭)은 서해안 바다를 해적으로부터 방어하는 임무를 지닌 군진이었다. 반면 북진은 신라의 동해안 북방 영토를 방어하는 군진으로 첫 등장은 말갈 침입을 방어하기 위함이었다.

> 봄 2월에 하슬라주(何瑟羅州: 강릉)를 북소경(北小京)으로 삼고, 사찬(沙湌, 8등 관등) 진주(眞珠)에게 명하여 지키게 하였다.

《삼국사기》 신라본기 선덕왕 8년(639)

앞서 보듯 강릉은 5세기에 금동관을 받을 만큼 친 신라 세력이 존재했으며, 6세기 초반 이사부가 삼척과 더불어 군주로 파견된 적이 있는 중요 지역이었다. 이에 선덕여왕 시절에는 이곳에 북소경(北小京)이 설치된다. 이는 신라가 수도 경주 외에 여러 지방에 소경(小京)이라는 도시를 만든 것 중 하나였다. 아참. 이곳 지역명이 하슬라주, 하서주 등에서 명주로 교체되는 시점은 통일신라 시점인 757년 이후다. 고구려가 부르던 강릉 지명이 다름 아닌 하슬라였거든.

> 3월에 왕이 하슬라(何瑟羅, 강릉)의 땅이 말갈에 맞닿아 있으므로 사람들이 편안치 못하다고 여겨, 경(京)을 폐지하여 주(州)로 삼고 도독(都督)을 두어 지키게 하였다. 또 실직(悉直: 삼척)을 북진(北鎭)으로 삼았다.

《삼국사기》 신라본기 태종무열왕 5년(658)

고구려의 지원으로 말갈 침입이 계속 일어나자 소경을 폐지하고 삼척에 군사 기지인 북진을 설치하니, 이것이 북진의 첫 등장이다. 북진은 757년 발해에 대한 방비를 위하여 현재 북한 영역인 강원도 원산으로 옮겨 재배치될 때까지 삼척에 위치했다. 그 결과 한동안 강릉에는 주(州)가 설치된 채 삼척의 군진과 긴밀한 움직임을 이어갔다. 즉 당시 신라의 동해안 최후의 방어선은 강릉과 삼척이었던 것.

여기까지 확인한 이상 왜 신라 시대에 유독 강원도 동해안을 따라 여러 화랑들이 수련하러 왔는지 알려줄 때가 드디어 온 듯싶군. 어제 삼척 죽서루에서 신선이 된 화랑 이야기를 했었고, 신문왕의 왕자가 자신을 따르는 사람들과 강릉을 방문한 이야기가 남아 있는 이 지역은 지금으로 치면 마치 휴전선의 GP와 비슷한 분위기였다. 현재 육군사관학교를 갓 졸업한 소위가 임관하자마자 휴전선 GP에서 군사적 업무를 익히고 책임 의식을 고양시키는 것을 생각해보자. 마찬가지로 미래에 주요 지위에 올라갈 화랑 역시 동해안을 따라 수련하며 그 과정 중에 여러 교육 및 경험을 얻었던 것이다.

> 늦은 봄에 낭도들을 거느리고 금란(金蘭: 강원도 동해안)으로 출유하여 북명(北溟: 명주 북쪽, 즉 강릉 북쪽) 지경에 이르러 적적(狄賊, 말갈)들에게 붙잡혀 갔다. 문객들은 모두 어찌할 줄을 모르고 돌아왔으나 안상만이 홀로 그것을 추적하였는데

이는 3월 11일의 일이었다.

《삼국유사》 제4 탑상(塔像) 백율사(栢栗寺) 693년

이는 신라 화랑사선 중 한 명으로 알려진 안상(安常)이 화랑 일행 중 일부가 말갈에게 잡혀가자 쫓아 추적한 일화다. 해당 기록은 당시 화랑이 강원도 동해안을 단순히 즐겁게 놀러 다닌 것이 아니라 실제 적과 만나는 일이 빈번한 국경선 주변을 직접 경험하기 위함이었음을 여실히 보여준다.

그러다 수로 부인의 아들인 김의충이 735년, 당 황제를 직접 만나 평양 이남 땅을 정식으로 신라 영토로 인정한다는 조서를 받아오면서 군사 기지인 북진 역시 보다 북쪽으로 적극 올라오게 된다. 이로서 757년 삼척에서 평양과 위도상 일직선에 위치하는 원산까지 북진이 쭉 올라온 것이다. 이는 강릉이 변경 지역에서 나름 안전 지대로 바뀌는 순간이기도 했다.

봄에 북진(北鎭)에서 아뢰기를, "적국인(狄國人: 발해에 소속된 종족)이 진에 들어와 나뭇조각을 나무에 걸고 돌아갔습니다."라고 하고, 가져다 바쳤다. 그 나뭇조각에는 15자가 씌어 있었는데, "보로국(寶露國, 정확한 실체 미상)과 흑수국(黑水國: 말

갈) 사람이 함께 신라국과 화친하여 교류하고자 한다."라고 되어 있었다.

《삼국사기》 신라본기 헌강왕 12년(886)

원산으로 옮겨진 이후에도 북진의 역할은 여전하여 위 기록을 보면 변경을 지키는 요충지 모습을 잘 묘사하고 있다. 발해에 소속된 말갈 등의 종족들이 신라 군진 근처에 와서 교류를 원한다는 나무 조각을 걸어둔 일이 그것이다. 뭔가 로마 시대 사극에서 게르만 변경을 수비하던 로마 군영의 모습을 보는 것 같네. 당시 군진은 이처럼 변경 종족을 무력으로 방어하는 것 외에 평화를 유지하기 위하여 국경 바깥 종족들과 물자 교류도 종종 했음을 보여준다. 아무래도 북진이 원산으로 이주하기 전까지 강릉과 삼척 분위기가 이러했다고 이해하면 좋을 듯싶군.

그렇다면 강릉 김씨의 시조인 김주원이 강릉에 왔던 785년 시점은 군진이 원산으로 이미 옮겨진 이후로써 강릉은 후방 도시로서 존재했음을 알 수 있다. 가만 생각해보니, 지금도 휴전선 북쪽의 북한 영토와 가까운 도시 중 하나로 강릉이 있긴 하군. 이에 강릉 18전투비행단 공군 기지가 있고 말이지.

강릉 씨마크 호텔

자. 이제 내려와서 다시 택시를 탄다. 이번 목표는 강릉 씨마크 호텔이다. 벌써 자려는 것은 아니고, 그곳에 다름 아닌 문화재 전시관이 있거든. 택시로 경포호를 시계 방향으로 돌며 3분 정도 달리니 도착.

이제 씨마크 호텔 입구로 들어가면 되는데, 와, 가까이 와서 보니 언덕 위에 마치 비밀의 요새처럼 존재하는 호텔 위용이 더욱 대단하다. 대단해. 건축계의 노벨상으로 불리는 프리츠커 상(Pritzker Prize)을 수상한 세계적 건축가 리처드 마이어가 설계했다고 하며, 1971년 오픈한 '호텔현대 경포대'를 재건축하여 2015년 오픈한 5성급 호텔이다. 참고로 리처드 마이어는 미국 사립 박물관을 대표하는 LA게티센터를 설계한 인물이기도 하다. 특히 흰색을 사랑하는 디자인으로 유명한데, 항상 깨끗하고 청결함을 유지해야 하는 호텔을 순백색으로 만든 씨마크 호텔의 도전에 감탄할 뿐. 바다 바로 근처라 매우 강한 바닷바람도 있고 해서 흰색 외벽을 관리하기 무척 힘들 텐데 말이지. 30년 뒤에도 과연 순백의 빛을 계속 보여줄지 기대된다.

그런 만큼 숙박비가 가장 비싼 프레지덴셜 스위트룸는 1박에 무려 1500만 원이고, 평범한 룸도 40~70만 원이라고 한다. 그렇다. 나는 웬만한 결심이 아니라면 숙박하기 힘든 장소라 하겠다. 그래. 나중에 70살이 되었을 때 기념으로 숙박해보자. 다행히도 호텔 내 문화재 전시관은 투숙객이 아니어도 누구나 방문 가능하다.

호텔 입구 오른편에 위치한 문화재 전시관의 정확한 이름은 '경포대 신라토성 전시관'이다. 평창동계 올림픽을 위해 새롭게 호텔을 만드는 과정에서 다름 아닌 신라 성이 발견되었거든. 이에 2012~2013년 동안 발굴 조사한 내용을 호텔 입구에 따로 작은 건물을 만들어 보여주는 중. 이렇듯 씨마크 호텔 부지에는 오래 전 신라 토성이 존재했었다. 다만 토성이라 하여 흙으로 쌓은 성이었으니, 전시

(위왼쪽) 경포대에서 바라본 씨마크호텔. (위오른쪽) 전시관 내에 있는 신라 토성 모형. (아래) 씨마크호텔 전체 모습. 씨마크호텔이 있는 불쑥 올라온 언덕에 과거 신라토성이 있었다. ©Park Jongmoo

(위왼쪽) 씨마크호텔 입구에 있는 '경포대 신라토성 전시관.' (위오른쪽) 전시관 내부. (아래) 신라 토성 단면을 잘라 전시해놓은 모습. ©Park Jongmoo

관 내부로 들어서면 토성 단면을 잘라 벽에 전시하고 있군. 뿐만 아니라 토층과 일부 유물을 발견 당시 모습 그대로 보여주는 등 나름 신경쓴 느낌이 든다.

이외에는 유적지에 대한 여러 설명을 투명 패널을 통해 알려주고 있다. 출토 유물로는 5세기 말에서 6세기 전반에 해당하는 대형 항아리, 굽다리 접시, 배(杯), 개(蓋), 그릇 받침, 시루, 쇠도끼, 금제 고리 장식 등이 출토되었지만 이 유물들은 일부 깨진 것 외에는 아쉽게도 전시되어 있지 않다. 호텔 본관에는 토성 단면을 잘라 전시한 것이 하나 더 있다고 하던데, 오늘 그것까지 볼 시간을 없을 듯하고.

그럼 이쯤해서 해당 성에 대한 정리를 해볼까?

1. 성에서 발견된 여러 유물을 통해 알 수 있듯이 이 토성은 5세기 말~ 6세기 초반에 만들어졌다.

2. 이곳 토성의 과거 모습은 재현한 미니어처를 통해 보면 알 수 있듯, 해발 8~26m의 동고서저의 언덕에 성을 빙 둘러 쌓았다. 여기서 동고서저(東高西底)란? 동쪽이 높고 서쪽이 낮은 지대를 의미.

3. 성 규모는 동서 404m, 남북 165m, 총 둘레는 1km 내외로 당시 기준으로 꽤 큰 성이었다. 그만큼 중요한 신라 요새였을 것이다.

4. 경포호, 동해 바다로 둘러싼 언덕 위, 이렇듯

천해의 지형에 성을 만들어 외부의 적이 쉽게 정복하기 힘든 구조를 갖추고 있었다. 지금도 언덕 아래에서는 호텔 내부를 자세히 볼 수 없으니, 과거 성 근처에 온 적들은 마찬가지 느낌을 받았을 듯.

이처럼 방어에 집중한 상당한 규모의 성임을 알 수 있다. 그렇다면 왜 신라는 5세기 말에서 6세기 초에 이런 성을 만들었던 것일까?

과거 군사 기지의 모습

호텔에서 나와 이번에는 택시를 타고 월화정(月花亭)으로 이동한다. 여기서 자동차로 약 12~15분 정도 걸리니, 그동안 강릉의 신라 토성에 대한 이야기를 마무리해볼까?

앞서 보았듯 씨마크 호텔 재건축 과정에서 신라 토성이 발견되고 2012~2013년 간 조사 과정 중 5세기 말~6세기 초 유물이 출토되자 학계에서 크게 주목하게 된다. 무엇보다 씨마크 호텔에서 불과 1km 거리에 강릉고등학교가 있으니, 이는 곧 5세기 신라 금동관이 발견된 초당동 유적지와 연결시킬 수 있으니까.

그러다보니 학계 일부에서는 이사부와 연결시키

기도 하였다.

> 이찬(伊飡) 이사부(異斯夫)가 하슬라주(何瑟羅州: 강릉) 군주(軍主)가 되어 이르기를, "우산국 사람들은 어리석고도 사나워서 힘으로는 불러들이기 어렵겠지만, 꾀를 쓰면 굴복시킬 수 있다."라고 하였다. 이에 나무로 사자 모형을 많이 만들어 배에 나누어 싣고 그 나라 해안에 이르러 거짓으로 알리기를, "너희들이 만약 항복하지 않는다면, 곧 이 맹수를 풀어서 밟아 죽이겠다."라고 하였다. 우산국 사람들이 몹시 두려워 곧바로 항복하였다.
>
> 《삼국사기》 신라본기 지증왕 13년(512)

그렇다. 6세기 초반 이곳에는 이사부가 군주로 파견된 적이 있었으니 말이지. 당시 이사부는 505년 삼척에서 실직주 군주에 이어 512년에는 강릉에서 하슬라주 군주로 있었기에 그와 연결되는 토성이 다름 아닌 씨마크 호텔 부지가 아닌가 하는 주장이 나오게 된다. 이는 더 나아가 이사부가 이곳 토성을 기반으로 수군을 키워 울릉도를 정벌했다는 주장으로 이어졌다. 무엇보다 《삼국사기》에는 이사부가 하슬라 군주 시절 울릉도를 정복했다고 되어 있으니까.

이 주장에 따르면 강릉의 경포호에 선박이 정박하다가 바다로 나갈 때는 씨마크 호텔 언덕을 따라 U자로 흐르는 하천을 타고 동해바다로 이동했다고 보고 있다. 실제로 경포호 같은 석호(潟湖)는 동해안 곳곳에 위치하는데, 지금도 속초에서는 태풍이나 큰 바람이 불 때는 배를 바다에 두는 것이 아니라 바다와 연결되는 호수로 옮기곤 하거든. 이는 그나마 육지와 붙어 있어 파도가 덜하기 때문.

나 역시 관련 논문을 읽어볼 때 충분히 그럴 수 있겠다는 생각이 들었다. 그럼에도 불구하고 개인적으로는 해당 성을 타 지역에 대한 공격을 위한 기지라기보다 방어를 중심적으로 부각시킨 것으로 파악하고 있다. 호수와 바다로 둘러싸인 언덕 위 모습이 남달라 보이니까. 이는 지금도 씨마크 호텔이 마치 요새처럼 보이는 이유이기도 하다.

> 가을 7월에 고구려의 변방 장수가 실직(悉直)의 들에서 사냥을 하였는데, 하슬라성(何瑟羅城, 강릉)의 성주 삼직(三直)이 군사를 내어 갑자기 공격하여 그를 죽였다. 고구려 왕이 그것을 듣고 노하여 사신을 보내 말하기를, "내가 대왕과 더불어 우호를 닦아 매우 기쁘게 여기고 있었는데, 지금 군사를 내어 우리의 변방 장수를 죽였으니 무슨 의미인

가?" 라고 하였다. 이에 군사를 일으켜 우리의 서쪽 변경을 침범하였다. 왕이 겸허한 말로 사과하자 곧 물러갔다.

《삼국사기》 신라본기 눌지왕 34년(450)

어제 잠시 언급했듯 450년에는 강릉의 신라 성주가 고구려 장수를 공격한 적이 있으며, 481년에는 동해 해안가를 따라 포항까지 고구려 군대가 밀고 내려온 적도 있었다. 이에 신라에서는 동해안 루트를 적극 방어해야 할 이유가 생겼으니, 그 결과 만들어진 성이 다름 아닌 5세기 말에 강릉의 씨마크 호텔 부지에 세워진 토성이었다.

이를 위해 고구려 침입을 방어하는 데 최고로 집중하여 험지 중 험지에다 성을 세운다. 바다와 호수, 천(川)으로 둘러싸여 접근이 무척 힘든 형태의 모습이 바로 그것. 이는 곧 다른 말로 당시 신라인들마저 성으로 진입하고 물자를 이동시키기가 어려웠음을 의미했다. 또한 바닷바람이 심한 장소인지라 지금도 마찬가지지만 과거에도 역시 중요한 장소로 오래 유지하기란 쉽지 않았을 것이다. 나름 새하얀 씨마크 호텔 외관이 걱정되는 이유이기도 함.

그 결과 고구려 위협이 약화된 시점부터 점차 해당 성의 필요성은 크게 줄어들게 된다. 마침 이사부가 이곳에 파견되었을 때는 고구려 위협이 예전보다 많이 약화된 시점이기도 했거든. 이에 이사부는 상당 기간 동안 삼척에 이어 강릉 군주로 지내면서 당시 국경인 강릉이 어느 정도 안정화된 것을 확인한 뒤 여유를 지니고 남쪽 삼척에서 병력을 이끌고 울릉도로 갔던 것이다. 이처럼 당시 씨마크 호텔 부지의 신라 토성은 험지에 위치하며 변경을 적극 방어하는 기지로서 존재했다.

그렇다면 오늘 강릉의 토성이 있던 곳을 방문하여 무엇을 얻은 걸까?

글쎄? 신라 변경 군사 기지의 과거 모습을 한 번 상상해보았다고 해야겠군. 즉 한때 가장 가까운 국경선을 지키던 신라 성의 모습을 머리에 그려본 것이 의미가 있겠다. 마치 지금의 휴전선 GP 방문과 유사하다 할까나?

그런데 마침 삼척에도 고성산에 오화리 산성이 있으니, 이곳처럼 천(川)과 바다로 둘러싸인 곳이다. 다만 육상으로도 넓게 연결되는 장소에 위치한 지라 물자, 인력 이동이 이곳보다 훨씬 편한 구조였다. 아무래도 태종무열왕 시절 말갈의 침입에 따라 만들어진 북진(北鎭)의 흔적 중 하나가 아닐까 싶군. 한편 오화리 산성은 방어뿐만 아니라 주변으로부터 물자 이동도 유리했기에 한정된 기간 동안 사용된 씨마크 호텔의 신라 토성과 달리 고려, 조선 시대까지 계속 사용되었다. 이에 삼척의 오화리 산성 역시 이사부 수군 기지라는 학계 주장이 존재한다.

원산에도 분명 이와 유사한 신라의 군사 기지 흔적이 있을 텐데, 북한에 있으니 먼 미래에나 가볼 수 있겠지? 이로서 삼척, 강릉 등에 군사 기지가 있던 신라 시절 분위기를 살펴보았다. 이제 북진이 원산으로 이동한 후 이곳에 오게 된 김주원의 삶을 추적해보기로 하자.

10

명주군왕의 전설

월화정

택시는 달려 오후 4시가 되기 직전, 월화정(月花亭)에 도착했다. 이 주변은 강릉 단오제 때가 되면 행사로 엄청나게 붐비는 장소다. 아, 잊었을지 몰라서 이야기하자면 어제 포항 시외버스 터미널에서 명주가(溟州歌) 이야기를 하다 다 마무리하지 못했었지. 강릉에 가면 명주가의 여주인공이 물고기를 통해 서생에게 편지를 보낸 연못 자리가 실제로 존재하며, 그곳에다 강릉 김씨의 주도로 1930년, 강릉 월화정(江陵 月花亭)이라는 누각을 세웠음을 이야기했었다. 바로 이곳이다. 다만 1930년에 세워진 월화정 누각은 1961년 철거된 후 다시 복원되었다. 더 정확히 말하자면 지금 보이는 누각은 2004년에 만들어진 것이다.

돌 기단 위에 운치 있게 세워진 누각 아래로 거대한 물고기 조각이 보이는군. 자세히 보니, 노란 색 물고기는 다름 아닌 편지를 넣은 통을 입에 물고 있다. 아무래도 강릉에서 경주로 편지를 옮겨준 물고기를 묘사한 모양. 누각에 올라서자 정면으로 긴 다리가 보인다. 이 다리의 이름은 월화교로 본래 기차가 다니던 철교였으나 2017년 보행자를 위한 다리로 리모델링했으며, 덕분에 관광객들이 좋아하는 장소로 재탄생되었다. 마찬가지로 다리 건너 기차가 더 이상 다니지 않는 철도 부지에는 월화거리가 조성되었다.

이처럼 월화정과 월화거리 간에는 월화교가 보행교로 연결되었기에 요즘은 강을 일부러 걸어서 건너는 코스마저 인기 있는 모양이다. 특히 월화거리는 마치 서울 홍대거리처럼 잘 꾸며진 카페, 음식점, 거리 공연 등이 있는 젊은 거리로 변하면서 근래 인기가 무척 높다고 한다. 역시 젊은이들이 많이 다니는 거리가 되어야 상권이 살고 분위기도 사나봄.

그럼 슬슬 강릉에서 명주가 이야기를 마저 이어가볼까? 이를 위해 이야기를 한 번 더 확인해보자.

신라 때 명주는 동원경(東原京)이므로 유후관

月花亭

월화정과 노란 물고기 모형. ©Park Jongmoo
(위) 월화정과 월화거리 사이를 연결하는 월화교. ©Hwang Yoon

(留後官: 수도급 주요 도시에 있는 관청)은 반드시 왕자 및 종친이나 외척, 장수와 재상 · 대신(大臣)으로 하여금 맡게 하고, 그 예하 군현에는 편의대로 등용하도록 하였다. 왕의 아우 무월랑(無月郎)이라는 사람이 있어 어린 나이로 그 직을 맡았는데, 업무는 보좌관이 대신하고 자기는 화랑도를 이끌고 산수 간에서 놀았다.

하루는 혼자 연화봉에 올랐더니 한 처녀가 있었다. 용모가 매우 뛰어났으며, 석지에서 옷을 빨고 있었다. 무월랑은 기뻐하며 그 여자를 유혹하였더니, 처녀는 "저는 사족(士族: 문벌 집안) 출신이라 예를 갖추지 않고 혼인할 수 없습니다. 무월랑께서 만약 미혼이시라면 혼약을 행할 수 있으니 혼례 의식을 갖추어 맞이해도 늦지 않을 것입니다. 저는 이미 무월랑께 몸을 허락하였으니, 다른 데로 시집가지 않을 것을 맹세합니다."라고 하였다. 무월랑은 이를 허락하고, 이후에 안부를 묻고 선물을 계속 보냈다.

임기가 차서 무월랑이 계림으로 돌아가 반 년 동안 소식이 없자 처녀의 아버지는 여자를 장차 북평(北坪, 현 동해 지역) 집안 총각에게 시집을 보내고자 이미 날까지 받아놓았다. 여자는 감히 부모에게 아뢰지 못하고 마음속으로 몰래 걱정하다가 자살하기로 결심하였다. 하루는 연못에 가서 옛날의 맹세를 생각하고 기르던 연못 속의 황금 잉어에게 "옛날에 잉어 한 쌍이 서신을 전했다는 이야기가 있는데, 너는 내가 키웠으니 무월랑이 계신 곳에 나의 뜻을 전할 수는 없겠니?"라 하였다.

그러자 갑자기 한 자 반쯤 되는 황금 잉어가 못에서 튀어올라와 입을 벌려 승낙하는 것 같았다. 여자는 이를 이상히 여기고 옷소매를 찢어 글을 쓰기를 "저는 감히 혼약을 위배하지 않을 것이나, 부모님의 명령을 장차 어길 수 없습니다. 무월랑께서 만약 맹약을 버리지 않으시고 달려와 아무 날까지 도착하시면 그래도 가능하나, 그렇지 못하면 저는 마땅히 자살하여 무월랑을 따르겠습니다." 하였다. 이것을 잉어의 입속에 넣어가지고 큰 내에 던졌더니 잉어는 유유히 사라졌다.

다음날 새벽 무월랑은 관리를 알천(閼川, 현재의 경주 북천)으로 보내 물고기를 잡아오게 했는데, 관리가 생선을 찾다보니 금빛 나는 한 자짜리 잉어가 갈대 사이에 있었다. 관리가 무월랑에게 갖다 보였더니 잉어는 펄쩍 뛰면서 재빨리 움직여 마치 호소하는 듯했다. 잠시 후 거품을 한 되쯤 토했는데, 그 속에 흰 편지가 들어 있어 이상히 여기고 읽어보니 여자가 손수 쓴 것이었다. 무월랑은 즉시 그 편지와 잉어를 가지고 왕에게 아뢰었다.

왕은 크게 놀라면서 잉어를 궁중의 연못에 놓아 주게 하였다. 그리고 대신 한 사람에게 명하여 채색 비단을 갖추게 하고, 무월랑과 함께 명주로 말을 달려가게 하므로, 즉시 밤낮을 가리지 않고 달려 겨우 기약한 날짜에 대었다. 도착해보니 여러 관리와 고을 노인들이 모두 장막에 모였는데, 잔치가 무척이나 성대하였다. 문을 지키는 관리가 무월랑이 오는 것을 괴상히 여기고, "무월랑이 옵니다." 고 소리쳐 전했다. 유후관이 나와 맞이해본 즉 대신이 따라왔다. 드디어 사연을 갖추어 주인에게 알렸다.

북평의 신랑은 이미 도착하였으나, 대신이 사람을 시켜 멈추게 하였다. 여자는 하루 앞서부터 병을 핑계 대고 머리도 빗지 않고 세수도 하지 않았으며, 어머니가 강요해도 듣지 않아 꾸지람과 가르침이 한창 더했다. 그러나 무월랑이 왔다는 소리를 듣고는 벌떡 일어나 화장을 하고 옷을 갈아입고 나아가, 양가의 혼인을 잘 이루었으므로 온 부중 사람이 다 놀라 신기하게 여겼다.

부인이 아들 둘을 낳았는데, 장남은 곧 김주원이고, 차남은 김경신(원성왕)이다. 바야흐로 신라의 왕이 죽고 후사가 없자 나라 사람이 모두 김주원을 촉망했으나, 그날 크게 비가 내려 알천에 갑자기 물이 불었다. 김주원이 알천의 북쪽에 있으면서 건너지 못한 지가 3일이 되자 국상(國相)은 "이것은 천명이다." 하고 마침내 경신을 들어 세웠다.

이로써 김주원은 마땅히 즉위해야 했음에도 즉위하지 못하고, 강릉 땅에 봉해져서 주변의 여섯 읍을 받아 명원군(溟原郡)의 왕이 되었다. 연화 부인은 김주원에게 가서 봉양을 받았는데 그 집을 절로 만들었으며, 왕은 1년에 한 번씩 와서 만났다. 4대에 이르러 나라가 없어지고 명주가 되면서 신라도 망했다."

〈별연사고적기(鼈淵寺古蹟記)〉 허균

응? 어제 이야기한 명주가가 아니라고? 정답. 그런데 이야기가 비슷하다고? 그것도 정답.

사실 이는 《고려사》에 등장하는 명주가가 아니라 〈별연사고적기〉라는 제목의 또 다른 이야기다. 풀어서 해석해본다면 별연사라는 사찰의 옛 자취 기록이라는 의미. 이는 다름 아닌 강릉 출신이자 조선 중기 문신인 허균(許筠, 1569~1618년)이 집필한 《성소부부고(惺所覆瓿藁)》의 내용 중 하나다. 허균은 홍길동전을 쓴 인물로 유명하지만, 요즘은 홍길동전 저자가 아니라는 주장도 있더군. 반면 《성소부부고》는 100% 허균이 쓴 책이지.

한편 허균은 위 이야기를 기록할 때

노인들은 또 이렇게 말했다. 명주(溟州) 때에 한 서생(書生)이 있었는데 이곳으로 공부하러 왔다가 처녀와 혼약을 했다. 그 부모는 알지 못하고 장차 시집을 보내려 하니 여자가 편지를 못 속에 던지자, 1자쯤 되는 잉어가 그것을 물어다가 서생에게 전하여, 그 인연을 이루었다고 한다.

라 하여 《고려사》의 명주가와 거의 동일한 이야기를 우선 언급하였다. 그리곤 1596년, 잘 아는 강원도 관찰사가 순행 중 옛 이야기가 적힌 책을 지역 향리로부터 받았다며 자신에게 보여주기에 그 내용을 조사해보니 이 중 고려 말~조선 초 인물인 이거인(李居仁, ?~1402년)이 쓴 글이 있었다며 이를 소개한다. 이것이 다름 아닌 〈별연사고적기〉였던 것.

그러나 명주가와 비교해보면 큰 틀은 유사하나 이야기에 크게 살이 붙었으니,

"서생→신라 왕의 아우 무월랑", "명주의 여인→동원경의 사족 여인", "물고기→황금 잉어", "서생이 보려던 과거 시험→왕의 아우로서 본래 고귀한 신분"

더 나아가 명주가에는 존재하지 않은 결혼 후 이야기로서 "무월랑과 여인 사이에서 김주원과 원성왕의 탄생" 등이 그것이다.

이와 함께 허균은 〈별연사고적기〉에 등장하는 여인을 '연화 부인'이라 기록하였기에, 이로서 이야기 속 주인공이 무월랑(無月郎)과 연화 부인(蓮花夫人)임을 알 수 있다. 아참 월화정, 월화교, 월화거리의 월화(月花)는 다름 아닌 무월랑의 월과 연화 부인의 화가 합쳐져서 만들어진 이름이라는 사실.

명주군왕릉을 향해

이제 택시를 타고 약 20분 정도 산을 올라가야겠군. 다름 아닌 명주군왕릉을 가야 하거든. 명주군왕은 어제 경주 원성왕릉에서 이야기했듯 신라 왕 경쟁에서 밀린 김주원이 강릉으로 이주하자 원성왕이 내린 작위(爵位)다. 참고로 작위란? 왕족(王族)이나 공적이 뛰어난 신하에게 수여하던 명예 세습 칭호를 일컫는다. 예를 들면 영국 왕세자에게 부여하는 웨일스 공(Prince of Wales)은 지금도 사용되고 있는 세계적으로 유명한 작위이기도 하지.

다만 명주군왕이라는 작위는 여러 통일신라 시대 비석을 포함 《삼국사기》, 《삼국유사》, 《고려사》 등에서 언급된 적이 단 한 번도 없으며, 현재 남은 기록으로는 16세기 중반 《신증동국여지승람》에서야 비로소 등장하므로 그 실체가 불분명하다는 이야기도 했었다. 그럼에도 불구하고 명주군왕릉이 강릉에 위치하기에 그곳으로 가고 있다.

그럼 이동하면서 월화정에서 만난 〈별연사고적기〉 내용을 정리해보기로 할까?

앞에서 설명했듯 〈별연사고적기〉는 명주가와 비슷하면서도 살이 더 붙은 이야기 구조를 가지고 있다. 그 과정에서 서생과 여인 일화가 마치 역사처럼 해석되기에 이르렀으니, 새롭게 대체된 주인공 무월랑과 연화 부인 사이에서 김주원과 원성왕이 탄생했다는 내용이 바로 그것. 물론 이는 결코 사실이 아니다. 《삼국사기》에 따르면 김주원은 태종무열왕 후손, 원성왕은 내물왕 후손을 주장했기에 가문부터 다른 인물이었으니까. 당연히 친형제는 더욱 될 수 없었다.

더욱이 신라는 신분제가 완고했으므로 진골과 진골 사이에 태어나야만 진골로 인정받았고, 진골과 지역 호족 간에 태어난 자식은 진골 신분으로 인정받기 어려웠다. 하물며 신라 왕이 될 신분이라면 더욱 핏줄 관리가 철저했으니, 진골과 강릉 호족이 결혼하여 탄생한 아이가 신라 왕이 된다는 것은 당시 기준에서 거의 불가능에 가까운 일이라 하겠다. 만일 배경이 신라가 아닌 고려 시대라면 고려 왕족과 호족 간에 결혼하여 그 아들이 왕이 될 수는 있었겠지만.

그뿐 아니라 신라 시대에는 강릉의 지역명이 하슬라주에서 명주로 바뀐 후 더 이상의 변경 없이 명주로 이어졌으니, 〈별연사고적기〉에 등장하는 동원경 역시 잘못된 기록이다. 동원경은 고려 초 잠시 등장했던 강릉의 지역 명이었거든. 이외의 소소한 오류는 너무 길어지니까 패스.

그럼에도 불구하고 어느 순간부터 이런 이야기가 등장한 이유는 김주원의 지역 연고성을 강화하기 위함이 아니었을까? 즉 강릉 김씨의 시조가 되는 김주원이 본래 강릉과 연고가 있었음을 그의 어머니 연화 부인이 강릉 출신임을 통해 연결시킨 것이다. 이로써 외가는 강릉 핏줄이 되는 것이니까. 뿐만 아니라 아버지가 신라 왕의 동생이자 본인은 신라 왕이 될 수 있음에도 이를 양보한 것처럼 묘사된 것 역시 시조 김주원의 명성을 높이기 위한 장치라 하겠다.

이렇듯 〈별연사고적기〉는 본래 신라 시대부터 이어오던 명주가 스토리에 새로운 살을 붙여 지역의 명사인 김주원 가계를 설명하는 이야기로 변모시킨 결과물이었다. 그런데 흥미롭게도 〈별연사고

적기〉로 연결되는 이거인과 허균. 이 두 사람 간에는 하나의 공통점이 있었으니,

1. 이거인은 고려 말인 원나라 지정연간(至正年間: 1341~1367년)에 강릉 김씨 족보의 일종인 왕족도(王族圖)를 작성한 인물이자 어머니가 강릉 김씨였다.

2. 〈별연사고적기〉를 작성한 허균은 강릉 출신인데다 역시나 어머니가 강릉 김씨였다.

그렇다. 두 사람 모두 외가가 강릉 김씨 핏줄이었던 것. 이것이 두 사람이 강릉 김씨 시조인 김주원에 관심을 가지게 된 계기이기도 했다.

특히 고려 말 이거인이 작성한 왕족도(王族圖)는 김주원을 중심으로 김씨 시조 김알지에서 고려 말에 이르는 자손들까지 가계를 정리한 나름 족보의 일종이었다. 그리고 이 자료를 바탕으로 내용이 더 정리되어 강릉 김씨인 김첨경(金添慶, 1525~1583년)에 의해 1565년, 강릉 김씨 족보가 간행되니, 이는 현존하는 족보 중 세 번째로 오래된 것이라 한다. 하지만 이거인의 왕족도는 안타깝게도 임진왜란 때 사라져 지금은 전해지지 않고 있다.

한편 허균은 임진왜란이 아직 진행 중일 때 이거

인이 쓴 글을 보았고, 이를 〈별연사고적기〉로 소개하였다. 그러나 당시 문인들이 접할 수 있는 정보 틀에서 보더라도 〈별연사고적기〉에는 사실과 어긋나는 여러 중대한 오류가 등장하고 있기에 진짜 이거인의 글로 보기 어려워 보인다. 오히려 16세기 들어 강릉 지역에서 유행하던 이야기를 이 지역 누군가가 기록하면서 과거 강릉 김씨 왕족도(王族圖)를 정리한 이거인이라는 이름과 명성을 덧붙인 것이 아닐까? 이를 통해 마치 이거인이 쓴 글처럼 알려진 것으로 생각된다.

그럼에도 불구하고 과거 이거인의 명성에다 또 다른 명사인 허균이 다시 한 번 기록으로 남김으로써 다음과 같은 효과가 만들어졌다.

> 연화 부인은 김주원에게 가서 봉양을 받았는데 그 집을 절로 만들었으며
>
> 〈별연사고적기〉

이렇듯 〈별연사고적기〉에는 연화 부인의 집을 절로 만들었다는 이야기가 있으니, 이로써 단순한 전설이 아닌 실제로 그 흔적이 남아 있는 역사처럼 인식되기에 이른 것이다. 기사님 말씀에 의하면 현재 월화정이 있는 터가 바로 절이 있었던 곳이라 하

더군.

이와 비슷한 노력은 1930년 만들어진 월화정 이후에도 2017년, 도보로 이동 가능해진 월화교 및 월화거리를 조성한 것으로 꾸준히 이어지고 있다. 더욱이 현재 월화정과 월화거리에는 무월랑과 연화부인 스토리텔링을 이곳저곳 배치해두어 이곳을 방문한 관람객 및 지역민들에게 마치 실제 존재했던 역사처럼 느끼도록 만들고 있으니까 말이지. 이렇듯 설화(說話)가 역사(歷史)로 만들어지는 순간을 우리는 과거뿐만 아니라 지금도 목도하고 있다. 흥미롭지?

족보 이야기

택시는 어느덧 2차선 도로를 따라 산 위로 한참 올라간다. 계곡도 보이고 펜션도 보이고 음식점도 보이고 사찰 위치 표시판, 비닐하우스도 보이고. 다만 배는 별로 안 고프다. 동해역 부근에서 먹은 돈가스가 여전히 배에 남아 있나봄. 역시 양 많고 맛 좋은 곳이었다. 다음에 또 가야지.

이렇게 올라가던 중 의식의 흐름에 따라 족보 문화가 생각나기 시작했다.

이거인, 허균이 외가임에도 강릉 김씨 시조에 관심을 가졌듯, 조선 시대에는 조상에 대한 관심이 지대한 시대였기에 족보 문화가 크게 번성하였거든. 그렇다면 왜 그렇게 조상에 대한 관심이 지대했을까? 이는 신분제 사회였던 만큼 혈통과 신분을 증빙하는 자료로 족보가 남다른 가치가 있었기 때문이다. 이에 따라 조상이 고귀한 신분일수록 가문의 명성 역시 높아지리라 여기게 된다. 그 결과 워낙 오랜 세월이 지난 뒤라 정확한 정보가 사라졌음에도 후대의 미화, 윤색으로 뼈대를 맞추는 경우가 있었으며, 이는 실제 역사와 비교할 때 족보 내용에 오류가 많이 나타나는 주요 원인이 되고 만다.

예를 들어볼까? 1565년, 즉 조선 시대에 정리된 강릉 김씨 족보에 따르면

> 태종무열왕—김문왕(셋째 아들)—김대충—김사인—김유정—김주원

으로 가계가 이어진다. 이에 따르면 김주원은 태종무열왕 셋째 아들의 후손인 것이다. 하지만 김주원의 증손자인 김흔(金昕, 803~849년)은 다음과 같은 말을 남겼다.

> 나의 조상은 임해공(吾祖, 臨海公)
>
> 보령 성주사지 낭혜화상탑비(保寧 聖住寺址 朗慧和尙塔碑)

여기서 임해공은 다름 아닌 태종무열왕의 둘째

아들인 김인문을 뜻하며, 이는 통일신라 시대 최치원에 의해 기록된 비석에 나오는 내용이다. 즉 동시대 기록이라는 의미. 이에 따르면 김주원의 증손자가 김인문의 후손이니, 김주원 역시 김인문의 후손인 것이다. 그렇다면 태종무열왕 셋째 아들인 김문왕으로부터 이어졌다는 위의 강릉 김씨 족보 내 가계는 확실한 기록이 아니라는 결론이 나올 수밖에. 학계 대부분 역시 김주원을 김인문의 후손으로 보고 있다. 다만 고려 말 이거인이 작성한 왕족도(王族圖)를 기반으로 강릉 김씨 족보가 정리되었던 만큼 위 가계도는 최소한 고려 말부터 이들 가문에게 실제 역사로 인식되며 이어온 내용이다.

여기까지 오니, 궁금증이 하나 더 생겨났다. 과연 조선 시대 이전에도 족보가 있었을까?

현재 남아 있는 족보로 가장 오래된 것은 조선 시대인 1476년에 정리된 〈안동 권씨 성화보(成化譜)〉를 꼽고 있다. 하지만 이 이전에도 현재의 족보처럼 한 동족 또는 한 분파 전체를 포괄하는 형태가 아닐 뿐 소규모의 필사된 계보는 존재했었다. 이는 작성한 사람의 직계 가족, 즉 시조에서 자신의 아버지에 이르는 일직선상의 조상을 기록한 방식으로서 소위 보첩(譜牒)이라 부르기도 한다.

씨족(氏族) 관련 서류를 제출하지 않은 자는 과거(科擧)에 응시하지 못하게 하십시오.

《고려사》 문종 9년(1055) 10월

덕분에 고려 초기에도 이미 씨족(氏族)이라 불리는 서류가 존재했으니, 이 역시 보첩의 일종이었다. 해당 기록을 제출하지 않으면 과거도 응시하지 못하도록 할 정도였으며, 보첩을 통해 해당 인물의 가문과 출신을 파악했던 것. 또한 《고려사》에는 공신 자손을 등용하는 내용이 종종 등장하기에 이 중 하나를 보자면,

문종(文宗) 6년(1052) 10월에 명을 내리기를 "배현경 등 6공신은 우리 태조(太祖: 왕건)를 도와서 대업을 열어 공덕이 역사에 새겨져 있도다. 그 후손은 증손(曾孫)과 현손(玄孫)에 이르기까지 남녀든, 승려나 여승이든, 관직이 없는 자에게는 첫 벼슬을 제수하고, 관직이 있는 자는 급을 올려주라."라고 하였다.

《고려사》 지(志) 권 제29 공신 자손에 대한 서용

공신 자손들에게 벼슬을 내려주는 것은 고려 시대에 꾸준히 있었던 일로, 이 역시 공신 자손들은 그

들의 가계를 증명할 보첩이 존재했음을 의미했다. 당연히 고려 궁궐 내에도 공신 자손들의 경우 특별히 가계를 정리해 배치해두었을 테고 말이지. 이를 통해 서로가 지닌 정보를 맞춰보아 해당 인물이 진짜 공신의 후손이 맞는지 아닌지 확인했던 것이다.

이와 관련한 유물로는 고려 시대 때 크게 유행한 묘지명이 있으니, 죽은 이의 가계 및 삶을 새겨 무덤에 함께 묻은 돌 조각이 그것이다. 이 중에 예를 하나 가져온다면,

> 군의 이름은 김지우이고, 자(字)는 복기(福基)이며, 그 선조는 신라 원성대왕의 후손이다.
>
> 원성대왕은 대광(大匡) 김례를 낳았고, 김례는 삼한공신 삼중대광(三韓功臣 三重大匡) 김인윤을 낳았으며, 김인윤은 태자태보 좌복야(大子大保 左僕射) 김신웅을 낳았고, 김신웅은 사도 내사시랑평장사(司徒 內史侍郎平章事) 김인위를 낳았으며, 김인위는 병부상서 중추사(兵部尙書 中樞使) 김원황을 낳았고, 김원황은 중서령(中書令) 낙랑공(樂浪公) 김경용을 낳았으며, 김경용은 중서시랑평장사 판상서공부사(中書侍郎平章事 判尙書工部事) 김인규를 낳았고, 김인규는 김지우를 낳았다."
>
> 김지우 묘지명(金之祐 墓誌銘) 1115년

이에 따르면 "원성왕—김례—김인윤—김신웅—김인위—김원황—김경용—김인규—김지우"로 가계가 이어진다. 즉 해당 묘지명의 주인공 김지우는 원성왕의 8세손인 것. 물론 이 역시 오류가 있는 기록이긴 하지만 말이지.

사실 위 가계에 대한 설명 이후 이어지는 문장에 따르면 원성왕 손자인 김인윤에 대해 고려 왕건 시대에 공신이 되었다고 기록하고 있거든. 문제는 원성왕은 8세기 말 사람이고 왕건은 9세기 중반 인물이라는 사실이다. 이는 곧 원성왕과 김인윤 사이에 최소 네 명 이상의 가계가 빠져 있음을 의미한다. 그럼에도 불구하고 고려 왕건의 공신인 김인윤부터의 가계, 즉 고려 시대부터의 가계는 시간 흐름의 배열이 얼추 맞는 것으로 볼 때 아무래도 김지우 가문은 실제 원성왕의 후손일 수도 있지만, 신라 멸망 후 원성왕 후손으로 포장한 호족 출신 가문일 수도 있다.

이처럼 설사 공신 가문 가계일지라도 고려 이전의 조상에 대해서는 올바른 기록이 아닐 가능성이 존재하는 것이다. 이를 미루어볼 때 고려 시대 역시 당시 분위기상 크게 터치하지 않는 신라 시대 선조에 대해서는 조선 시대처럼 윤색과 포장이 어느 정도 일어났음을 알 수 있다.

그럼 고려 시대보다 더 과거인 신라는 어떠했을까?

당시 진골은 국가에서 신분을 보장한 계층이었던 만큼 당연히 자신의 가문과 혈통을 증명할 만한 보첩이 존재했을 것이다. 그리고 신라 왕궁과 관청 등에도 주요 진골 가문의 경우 가계를 정리하여 배치해두었겠지. 이처럼 공신된 기록이 있었기에 진골 가문끼리 결혼, 고위직 임용, 식읍 세습 등이 가능했을 테니까. 다만 신라 시대 보첩은 안타깝게도 현재 거의 남아 있는 것이 없으며 신라 비석 및 《삼국사기》, 《삼국유사》 등을 통해 일부 편린만 살펴볼 수 있다. 이 중 마침 김주원의 가계가 일부 남아 있으니 이를 한 번 살펴보자.

> 김양은 자(字)가 위흔(魏昕)이고, 태종대왕(太宗大王: 김춘추)의 9세손이다. 증조할아버지는 이찬(伊飡) 김주원이고 할아버지는 소판(蘇判) 김종기이며 아버지는 파진찬(波珍飡) 김정여다. 모두 세력 있는 가문 사람으로 장수와 재상이 되었다.
>
> 《삼국사기》 열전 김양

이처럼 당대 권력자인 김양은 김주원의 증손자로서 《삼국사기》에 따르면 그의 가계는 다음과 같았다.

"김주원—김종기—김정여—김양" 이 바로 그것.

그런데 김양의 사촌 형이 다름 아닌 김흔이었으니, 그는 내가 앞에서 "나의 조상은 임해공(吾祖, 臨海公)"을 말한 인물로서 언급했던 김주원의 또 다른 증손자였다. 한편 기록을 정리해보면 김흔의 가계는 다음과 같았다.

"김주원—김종기—김장여—김흔" 이 바로 그것.

이는 곧 김양과 김흔은 할아버지까지 같은 조상을 둔 혈족이었던 것. 덕분에 김양 역시 성주사지 낭혜화상탑비에 따라 김인문 후손임을 알 수 있었고, 더불어 《삼국사기》에 따르면 김양이 태종무열왕의 9세손이므로 이를 바탕으로 김주원은 김인문의 후손이자 태종무열왕 6세손이라는 결론이 도출된 것이다.

이처럼 가계를 기록하는 문화는 신분 사회가 등장한 이후부터 쭉 발전했으며, 특히 신라 시대에는 진골, 고려 시대에는 문벌 귀족, 조선 시대에는 양반 등이 이를 가문의 역사로 정리하였다. 그 과정에서 일부 직계 선조를 보여주던 가계를 넘어 한 동족 또는 한 분파 전체를 포괄하는 형태로 확장되면서 소위 족보라는 문화가 등장하게 되니, 우리에게 익숙한 족보란 이처럼 오랜 시일을 거치며 만들어진 결과물이라 하겠다. 다만 요즘은 친족 관념이 점차 약화되면서 족보 문화 역시 어마어마한 속도로 사라지고 있으니 흥미로운 일이다. 이렇듯 세상의 가치는 매번 변하는 모양이다.

군왕이라는 작위

와우~ 오후 4시 30분이 되어 드디어 명주군왕릉에 도착했군. 산속에 위치하여 그런지 기온이 낮아 약간 서늘한 느낌이네. 왕릉의 격식을 갖춘 만큼 사당, 재실 등 여러 건물과 비석 등이 세워져 있으나 시간이 부족하여 하나하나 다 보기 힘드니, 택시에서 내려 능선을 따라 능으로 빠르게 걸어 올라간다. 봐야 할 곳이 조금 더 남았는데 남은 택시 시간이 약간 걱정이라. 아참, 명주군왕릉이란 명주(溟州)를 식읍으로 하는 군왕(郡王)인 김주원의 릉(陵)이라는 의미다. 그런데 군왕이 높은 것임은 알겠는데, 구체적으로 어떤 지위였는지 궁금해지는걸. 이제 명주군왕에 대해 제대로 알아보기로 하자.

당시 당나라는 황제 밑으로 왕(王), 사왕(嗣王), 군왕(郡王) / 국공(國公), 개국군공(開國郡公), 개국현공(開國縣公) / 개국현후(開國縣侯) / 개국현백(開國縣伯) / 개국현자(開國縣子) / 개국현남(開國縣男) 등으로 구분하여 작위를 내렸다. 그리고 이러한 작위는 세습하여 이어질 수 있었는데, 그 유명한 왕, 공, 후, 백, 자, 남에서 비롯된 것이다. 이를 바탕으로 당나라 황제는 자국 인물뿐만 아니라 주변국의 국왕들에게도 각기 구분하여 작위를 내리며 중국 천하를 유지할 수 있는 중요한 권력 수단으로 활용하였다.

예를 들어 신라 왕의 경우 보통 개부의동삼사신라 왕(開府儀同三司新羅王)이라는 작위를 당나라로부터 받았으니, 이를 우선 해석해보자.

개부(開府)는 관청을 설치하고 신하를 둔다는 의미이며, 동삼사同三司)는 삼사(三司), 그러니까 태위(太尉) · 사도(司徒) · 사공(司空) 등 삼공(三公)과 동일 또는 준한다는 의미이다. 특히 태위, 사도, 사공 등 삼사(三司)는 중국에서 황제를 제외하고 국가의 대사를 관장하는 최고 관직의 상징처럼 인식되었다. 그렇다면 개부의동삼사(開府儀同三司)란 황제 바로 아래의 삼공에 준하면서 부(府), 즉 관청을 열 수 있는 사람이라는 뜻. 품계로 보자면 종1품에 해당했다. 그리고 신라 왕은 말 그대로 황제 다음가는 왕 지위라 하겠다. 이에 따라 해당 작위는 신라 왕을 외교적 관례에 따라 황제 바로 아래의 문관 1품직인 삼공에 준하여 대하겠다는 의미였다.

한편 명주군왕의 군왕(郡王)은 위에 따르면 왕(王), 사왕(嗣王) 다음 가는 지위이며, 공(公)보다는 높은 지위라 하겠다. 참고로 신라 역사에서 신라 왕을 제외하고 당나라로부터 왕, 공, 후, 백, 자, 남 등의 세습 작위를 받은 인물은 단 두 명만이 기록으로 남아 있다. 평양군개국공(平壤郡開國公)에 오른 김유신과 임해군개국공(臨海郡開國公)에 오른 김인문이 바로 그 주인공. 이처럼 두 인물 모두 신라뿐만 아니라 당나라에서도 높은 평가를 받았으니 그 명성이야 더할 필요가 없겠지.

한편 당시 진골들은 신라 관직뿐만 아니라 당나라 관직까지 무척 중요하게 여겼기에, 이에 따라 신라 왕은 중요한 진골의 경우 당나라로부터 관직을 얻을 수 있도록 다양한 지원을 해주었다. 예를 들어 당나라에 사신으로 파견된 김에 당나라 관직을 받아오거나, 신라 왕 요청으로 당나라 사신이 신라에 온 김에 당나라 관직을 주는 방식이 그것이다.

사신이 되어 1년이 지나 돌아가기를 청하니 황

제가 조서로 금자광록대부(金紫光祿大夫), 시태상경(試太常卿)을 제수하였다.

《삼국사기》 열전 김흔

당나라에서 사신을 보내 문안하고 겸하여 공에게 검교위위경(檢校衛尉卿)을 제수하였다.

《삼국사기》 열전 김양

이렇듯 김주원의 증손자였던 김흔과 김양은 신라 왕의 지원으로 각각 당나라로부터 관직을 받았으니, 금자광록대부(金紫光祿大夫)는 정3품, 검교위위경(檢校衛尉卿)은 종3품에 해당했다. 이들의 관직은 비록 김유신이나 김인문이 받은 공(公)처럼 세습할 수 있는 작위는 아니었지만, 그럼에도 불구하고 신라 왕이 종1품에 해당했던 만큼 당대 신라인 중에서는 무척 높은 당나라 관직이라 할 수 있었다.

여기까지 살펴본 결과 김주원이 받은 명주군왕이 실제 존재한 작위였다면 신라 왕 다음 가는 지위에 해당하는 만큼 상당한 권위를 자랑했을 것이나, 문제는 이를 당나라에서 김주원에게 준 적이 없었다는 것. 또한 신라 왕이 대신 요청하여 당나라로부터 받은 기록마저 없다. 무엇보다 김주원이 만일 군왕이라는 어마어마하게 높은 작위를 당나라로부터 받았다면 김유신, 김인문 그리고 김양, 김흔의 예처럼 《삼국사기》에 그 기록이 남아 있지 않을 리가 없거든. 위의 네 사람의 경우 기록이 상세히 남은 것은 당대 신라 내에서 무척 보기 드문 경우였기 때문이다.

그렇다면 다음으로 신라에서 직접 군왕이라는 제도를 운영했는지가 쟁점이라 하겠다. 이 경우 신라 왕이 당나라를 거치지 않고도 내부적으로 군왕이라는 작위를 내릴 수 있었을 테니까. 하지만 안타깝게도 이와 같은 제도는 신라에 없었다. 신라에서는 높은 지위의 진골에게 1등 관등인 각간, 그리고 그보다 더 높은 명예를 주고자 한다면 매우 드물게 대각간, 그 이상의 인물에게는 태대각간까지 부여했지만 군왕이라는 제도는 없었거든.

참고로 태대각간까지 오른 이는 신라 역사상 단 두 명밖에 없었으니 김유신과 김인문이 그 주인공. 즉 김유신과 김인문은 당나라 공(公)과 신라 태대각간(太大角干)을 함께 얻은 신하로서 신라 역사상 가장 최고의 위치까지 오른 인물이었다. 만일 김주원이 군왕(郡王)이 되었다면 이 두 사람을 가볍게 뛰어넘은 것인데, 그럼에도 불구하고 그의 최종 신라 관등이 겨우 2등인 이찬에 불과했으니, 이 역시 조금 의문이지.

그러다 고려 시대에 들어와 군왕이라는 제도가 비로소 등장한다. 고려 왕이 신라 마지막 왕 경순왕에게 내린 낙랑군왕(樂浪郡王)이 바로 그것. 당시 고려는 후삼국 시대를 마감한 후 당나라 제도를 적극 받아들여 작위, 관직 명칭을 완전히 바꾸는 등 시스템을 새로 정비했기에 군왕이 등장할 수 있었던 것이다. 이는 곧 실제로 명주군왕이라는 작위가 한반도를 지배하는 왕에 의해 주어졌다면 이는 고려 시대에 이르러야 가능했다는 의미.

이처럼 김주원이 받았다는 명주군왕이라는 작위는 신라가 아닌 고려 기준으로 구성된 이미지였음을 알 수 있다. 여기까지 살펴본 후 가만 생각해보니, 허균이 정리한 〈별연사고적기〉에서도 고려 시대 지명과 제도가 등장하는 등 유독 김주원과 관련하여 고려 분위기가 많이 등장하는 점이 묘하게 느껴지는걸. 이는 결국 조선 시대에 들어와 여전히 익숙한 고려 명칭을 바탕으로 자신의 조상을 포장하며 나온 결과가 아닐까 싶군.

21세기의 대한민국 대중들이 고려 시대 관직이나 지명은 잘 모르지만 바로 전 조선 시대 관직인 영의정, 좌의정, 이조판서, 병조판서, 그리고 지역명인 한양 등은 잘 이해하는 모습을 생각해보자. 이렇듯 조선 시대에는 시간이 많이 지나 잘 알지 못하는 신라 관직보다 바로 앞 시대라 여전히 그 의미를 누구나 알고 있는 고려 시대 지명, 작위 등을 자연스럽게 자신의 조상에게 사용했던 것이다. 또한 조선 시대 사람들이 족보로 조상의 가계를 정리할 때 근거로 본 기록 역시 고려 시대 묘지명처럼 고려 기준으로 적힌 기록이 대부분이었다. 덕분에 조상이 신라인임에도 고려 관직과 작위로 가득 포장될 수밖에 없었던 것.

1530년 등장한 《신증동국여지승람》의 명주군왕 기록, 1565년 처음 등장한 강릉 김씨 족보, 1596년 정리된 〈별연사고적기〉 등이 16세기에 등장한 내용이면서도 통일신라 시대 인물인 김주원 이야기에 유독 고려의 배경이 많이 보인 이유가 무엇 때문인지 이제는 알 수 있겠다.

왕릉을 보며

왕릉은 꽤 경사가 높은 곳에 위치하고 있다. 그렇게 올라가자 드디어 명주군왕릉이 등장하네. 슬쩍 얼만큼 올라왔는지 알고 싶어 뒤를 돌아보니 가까이로는 소나무가 보이고 저 멀리로는 아름다운 산세가 보이는걸. 참으로 시원시원한 장소에 위치하고 있구나.

왕릉은 두 기가 함께하고 있는데, 줄을 서듯 앞뒤로 위치한 형식이라 흥미롭다. 다만 무덤을 여러 번 정비하는 과정에서 옛 모습이 거의 사라져 오래된 무덤처럼 보이지는 않는다. 어제 삼척에서 만난 실직군왕릉과는 비교되는 모습이다. 실직군왕릉은 어쨌든 5~6세기에 만들어진 고분 형식을 지니고 있으니까.

그러나 겉으로 보이는 모습과 달리 삼척의 실직군왕릉은 19세기 중반에 비로소 삼척 김씨의 시조 무덤으로 자리 잡은 반면, 이곳은 16세기 중반에 이미 강릉 김씨의 시조 무덤으로 자리 잡았기에 가문의 유적지로서의 역할은 그 역사가 훨씬 오래 되었다.

강릉 김씨의 시조 무덤이 된 이야기는 다음과 같다.

1565년, 강릉 김씨 족보를 편찬한 본관이 강릉 김씨인 김첨경(金添慶, 1525~1583년)이 강릉 부사로 재임할 때 시조 김주원을 꿈에서 만난 이후 사라진 김주원 묘를 수소문 끝에 지금의 자리를 발견한 것이다. 이때 무덤을 조사하는 과정에서 파보니 유해를 담은 항아리가 나왔는데, 뚜껑에는 북두칠성의 형상이 그려져 있었다고 한다. 그 뒤로 이곳은 김주원의 묘로 알려지게 되었고, 명주군왕릉으로 이어지게 된다.

이후 강릉 김씨가 얼마나 명주군왕릉을 잘 관리했는지는 이곳을 방문하면 누구든 느낄 수 있을 듯하다. 소나무와 더불어 주변에 배치된 정성이 가득한 석물들이 이를 보여주는군. 돌사자, 석인, 석등 등등.

명주군왕릉. ©Park Jongmoo

구경을 마치고 다시 택시로 돌아왔다. 이제 다음 코스로 가야지.

아, 그런데 김주원은 강릉으로 온 뒤 어떤 삶을 살았을까? 안타깝게도 이 부분에 대한 상세한 기록은 전혀 남아 있지 않다. 다만 그의 아들인 김종기가 지금의 총리에 해당하는 시중(侍中)을 역임했고, 또 다른 아들인 김헌창 역시 시중을 역임한 데다 그 유명한 '김헌창의 난'을 일으켜 신라를 큰 분란에 휩싸이게 했으니, 강릉으로 이주한 뒤에도 상당한 세력을 유지한 것은 분명해 보인다. 조상인 김인문으로부터 이어온 식읍의 크기부터 남달랐으니까.

김주원의 증손자 김양과 김흔 역시 앞서 설명한 대로 상당한 지위에 있었다. 최치원이 기록한 낭혜화상탑비에는 당시 김양(金陽, 808~857년)을 북재상이라 불렀다고 전하고 있다. 김양의 저택이 경주 북쪽에 위치했던 모양으로, 이는 과거 김주원의 경주 저택이 경주 북쪽에 위치한 것과 연결된다. 이렇듯 김주원의 증손자 대에 이들 가문은 세력을 완전히 되찾아 경주 내 저택에서 남다른 가문의 힘을 뽐냈던 것이다.

한편 또 다른 증손자 김흔(金昕, 803~849년)은 다음과 같은 일화가 전해진다.

옛날 신라 시대의 일이다. 세달사라는 절이 있었는데, 그 절의 장원은 명주(강릉)에 있었다. 조신(調信)은 세달사의 승려였는데, 장원에 파견된다. 조신은 세달사 장원에 와 있으면서 절에 다니러 온 태수 김흔의 딸을 보고 반해버렸다. 그래서 낙산사의 관음보살 앞에 가서 그와 맺어지기를 몰래 빌었다.

그러기를 여러 해가 지났고, 김흔의 딸은 다른 이와 혼인하였다. 조신은 불당 앞에 가서 관음보살이 소원을 이루어주지 않음을 원망하며 날이 저물도록 슬피 울었다. 그립고 원망스러운 마음이 있었는데 그 사이 깜빡 잠이 들어 꿈을 꾸었다.

조신의 꿈에서 김흔의 딸이 웃으며 말하였다. "제가 전에 당신을 본 후 줄곧 사모하였는데, 부모의 명을 어길 수 없어 다른 사람과 혼인하였습니다. 지금 당신의 반려가 되어 평생을 함께하기 위해 이렇게 왔습니다." 조신은 매우 기뻤다. 함께 조신의 고향으로 돌아가서 자녀 5명을 두고 40여 년을 살았다.

그런데 이들의 사랑은 가난 앞에 무력하였다. 나물죽으로도 끼니를 잇지 못하여 입에 풀칠하기 위해 사방으로 떠돌아다녀야 했다. 떠돌아다닌 지 10여 년이 되었을 때, 15세 된 큰아이가 길에서 굶어 죽었다. 통곡하며 아이를 길에 묻을 수밖에 없었다. 남은 네 자녀를 거느리고 우곡현(羽曲縣)에 이르러 길가의 띠풀을 얼기설기 엮어 집을 만들어 살았다. 부부는 이제 늙고 병들었다. 부부가 굶주려서 일어나지조차 못하자 열 살짜리 딸아이가 밥을 빌러 돌아다니다가 마을 개에게 물렸다. 아파서 우는 딸아이를 두고, 부부는 흐느껴 울 수밖에 없었다. 마침내 김흔의 딸이 말하였다.

"내가 당신을 처음 만났을 때는 젊고 아름다웠지요. 사랑으로 산 지 50년입니다. 얼마 안 되지만 음식도 나눠 먹고, 옷도 나눠 입으며 행복했습니다. 그러나 지금 늙고 병들어서 날이 갈수록 추위와 배고픔이 절박해집니다. 남들에게 당하는 수모도 더욱 견디기 힘듭니다. 아이들이 추위에 떨고 굶주리는데, 부부의 사랑이 무슨 소용입니까? 차라리 헤어져서 살 길을 도모합시다."

조신은 김흔의 딸이 하는 말을 듣고는 매우 기뻤다. 각자의 길을 가기 위해 맞잡은 손을 놓았을 때, 조신은 꿈에서 깨어났다. 조신의 머리카락은 하룻밤 사이에 모두 하얗게 세어 있었고, 그는 더 이상 인간 세상에 뜻이 없었다. 이에 꿈속에서 굶어 죽은 큰아이를 묻은 자리를 가서 파보니 돌미륵이

나왔다. 깨끗이 씻어서 그 부근 절에 봉안하고, 절 관리의 임무를 사임하였다. 이후 사재를 들여 정토사를 세우고 부지런히 수행했으나, 그 뒤의 종적은 알 수 없다."

《삼국유사》 제4 탑상(塔像) 낙산의 두 성인 관음과 정취 그리고 조신

1999년 개봉한 영화 〈매트릭스〉처럼 현실 같은 꿈 이야기로 나름 유명한 일화다. 완성도가 높아 대중에게도 꽤 알려진 이야기. 해당 이야기의 주인공인 조신은 세달사라는 사찰의 장원이 있는 강릉에서 일하던 중 명주 태수 김흔의 딸에게 반한다. 이에 조신은 관세음보살 앞에서 기도를 했고, 그 때문인지 두 사람은 부부가 될 수 있었다. 하지만 두 사람은 이후 갖은 고생을 다 했는데, 깨고 나니 조신의 현실 같은 하룻밤 꿈이라는군. 신분상 결코 이루어질 수 없는 혼인을 꿈으로 이루었으나 그 결과가 좋지 않았음을 보여준다.

그런데 이야기 속 김흔이 태수로 강릉에 왔다는 것은 김주원 증손자 시절에도 여전히 이 지역에 대한 상당한 힘을 이들 가문이 지니고 있음을 보여준다. 당시 신라에서는 진골이 지방 태수로 파견될 때 지역 연고 역시 중요하게 여겼고, 이에 따라 김흔은 자신의 가문 연고가 있던 강원도 지역에 태수로서

파견되었던 것. 이는 경주 중심의 중앙 집권적 국가 운영과 별도로 진골들의 식읍이 전국 각지에 있었기에 그 연고에 따른 배분으로써 지방 관료를 운영하기도 했기 때문이다. 즉 연고가 있는 지역에 지방 관리가 파견됨으로써 가문의 식읍을 직접 관리할 수 있는 기회를 주고, 대신 해당 지역의 세금을 걷거나 인원 동원이 필요할 시, 중앙 정부는 그 지역에 연고가 있는 귀족 가문에게 도움을 받은 것이다.

이렇듯 김주원 가문은 그의 증손자 시절에도 여전히 신라를 대표하는 진골로서 강릉과의 관계를 이어갔다. 하지만 신라가 슬슬 쇠약해지면서 새로운 분위기가 조성되기 시작했다. 점차 진골을 대신할 새로운 세력이 등장하고 있었으니까.

11

범일국사

대관령

명주군왕릉을 떠나 30분간 산 위로 더 올라간다. 지금 이동하는 길이 바로 대관령(大關嶺). 워낙 유명하여 학창 시절 지리 시간이면 반드시 배우는 지명이지. 바로 이 고개를 경계로 강원도 서쪽은 영서, 동쪽은 영동이라 부르며, 영동은 또다시 대관령의 동쪽이라 하여 관동(關東)이라 부르기도 한다. 다만 택시 기사님께 물어보니 강원도 동해안 지역에서는 영동이라 부르는 경우가 대부분이고, 관동이라는 표현은 거의 사용하지 않는다고 하는군.

어쨌든 대관령은 산으로 둘러싸인 고위 평탄면이라 대한민국에서는 보기 힘든 고산 초원이 펼쳐져 있다. 덕분에 지금은 대관령 목장, 그러니까 초원과 양떼 등의 이국적 이미지로 유명하다. 그런데 과거에는 강릉에서 원주로 이동하기 위해 반드시 대관령을 지나야 했는데, 험준한 여러 태백산맥 중 사람이 이동하기 편한 길이 그나마 이곳이었기 때문이다. 참고로 대관령은 높이 832m로 주변 1004m의 한계령 등과 비교해 난이도가 그나마 낮은 편.

> 정신대왕(淨神大王) 태자 보천, 효명 두 형제가 하서부(河西府, 강릉)에 이르러, 세헌(世獻) 각간의 집에서 하룻밤을 머물렀다. 이튿날 큰 고개를 지나 각기 무리 천 명을 거느리고 성오평에 이르러 여러 날을 유람하더니, 문득 하루 저녁은 형제 두 사람이 속세를 떠날 뜻을 은밀히 약속하고 아무도 모르게 도망하여 오대산에 들어가 숨었다. 시위하던 자들이 찾지 못하고 경주로 돌아갔다.
>
> 《삼국유사》, 제4 탑상, 대산오만진신(臺山五萬眞身)

역사 기록으로는 《삼국유사》에 등장하는 큰 고개를 다름 아닌 대관령의 첫 역사 기록으로 보고 있다. 그리고 시일이 더 지나 고려 시대에는 대현(大峴)이라 불렀으며, 조선 시대에 비로소 대관령이라는 우리에게 익숙한 이름이 된다.

이렇듯 강원도 영동과 영서를 연결하는 중요한

고개였던 만큼 강릉을 넘어 강원도 동해안 여러 지역까지 대관령의 가치는 남달랐다. 무엇보다 한반도의 정치 중심지가 경주에서 개성, 그리고 서울로 옮겨지자 더욱 특별한 가치를 얻었으니…. 사실 신라 시대 때만 하더라도 경주를 중심으로 한반도 여러 지역의 물자와 사람이 연결되면서 강원도 동해안 지역은 이번에 내가 여행한 코스, 즉 경주→포항→영월→삼척→동해→강릉 코스가 무척 중요했거든. 여러 이름난 진골들을 비롯해 미래 인재인 화랑까지 동해안을 따라 매번 방문하고, 강원도 동해안의 신라 군사 기지가 계속 북상한 이유 역시 이 때문이기도 하다.

그러나 신라 멸망 후 고려의 개성, 조선의 서울 등이 한반도 중심지가 되자 경기도에서 강원도로 이동하는 길이 더 중요하게 되었고, 그런 만큼 대관령 역시 훨씬 중요한 길로 인식되기에 이른 것이다. 그 과정에서 이전보다 많은 물자와 사람이 이동하게 된 만큼 안전을 기원하며 대관령에 산신까지 모셔지게 되니, 지금 찾아가고 있는 장소가 바로 그곳이다.

국사성황사 가는 길

어느덧 좁은 산길을 따라 택시는 속도를 조금 줄여 이동한다. 조금 더 가면 대관령 산신을 모신 곳에 도착할 듯. 해당 장소의 정확한 명칭은 국사성황사(國師城隍祠)다. 사실 오늘 이곳을 오기 위해 아예 택시를 신청한 것이다. 안타깝게도 여기까지 일반 대중 교통으로는 올 방법이 거의 없으니까. 아 맞다. 두 가지 방법이 있긴 하지. 그럼 소개해볼까?

우선 강릉 시내에서 대관령 정상까지 이동하는 503번 버스가 있다. 다만 대관령 주변의 등산을 위해 오직 주말에만 운영하는 관계로 대부분의 강릉 방문객들은 탈 기회가 거의 없을 것 같군. 자주 다니지는 않지만 일찍 출발하여 등산을 끝낸 오후쯤 내려올 수 있도록 버스가 배치되어 있어 나처럼 등산을 좋아하는 뚜벅이족에게는 잘 알려진 버스다. 하루에 딱 2번 운행하는 버스로 기억 남.

다음으로 1년에 한 번 운행하는 무료 셔틀 버스가 있다.

매년 음력 4월이 되면 강릉에서는 한해 최고 축제인 강릉 단오제가 열린다. 2005년 유네스코 인류문화 유산에 등록될 정도로 엄청난 행사지. 음력 4월 보름이 되면 행사의 중심으로서 대관령 산신제를 지내는데, 일반 시민도 쉽게 참여할 수 있도록 무료 셔틀 버스가 지원되기에 강릉시 중심에 위치한 강릉 대도호부 관아에서 이곳까지 이동할 수 있다. 다만 워낙 참여 열기가 뜨거우므로 강릉대도호부 관아로 일찍 도착하여 기다려야 함. 그 동안의 경험으로 보면 250여 명 정도만 선착순으로 탈 수 있거든.

이렇듯 두 가지 방법을 이용하더라도 대관령 산신을 모시는 장소까지 단박에 오는 것은 아니며, 대관령 반정이라는 곳에서 내린 뒤 산을 타고 40분 가량 등산해야 도착할 수 있다. 즉 대관령 옛길을 따라 이동하는 체험이 반드시 필요하다는 의미. 그러나 택시 또는 자가용을 이용한다면 대관령 산신을 모시는 곳까지 단박에 빠르게 들어올 수 있다.

드디어 산신을 모시는 장소에 도착하여 주차장에 내렸다. 휴~ 오늘은 평일임에도 주차장에 차가 꽤 많이 서 있는데, 나처럼 대관령 산신을 만나러 온 사람보다 이곳부터 출발하는 등산객이 꽤 많기 때문. 주말에는 등산하러 온 차가 많아 주차하기 힘들 정도로 인기다.

이곳을 따라 대관령 옛길로 등산하는 길이 있는데, 가장 높은 곳에는 1157m의 선자령(仙子嶺)이 있거든. 이곳에 온 대부분 등산객의 목표다. 이때 국사성황사가 850m 정도에 위치하니, 차로 온다면 불과 높이 300여m만 올라가도 될 정도로 난이도가 크게 낮아지거든. 내가 주로 다니는 관악산이 632m이기에 대충 얼마나 난이도가 낮아지는지 알겠다.

선자령에 이르는 등산로에는 엄청난 뷰가 여러분을 기다리고 있다. 산맥을 따라 이어지는 풍력 발전기 모습이 바로 그것. 저 멀리서 마치 바람개비 같은 형상이 여럿 보이며 묘한 분위기를 연출하거든. 물론 정상에 도착하면 하늘과 산이 마치 하나로 일치되는 듯 더욱 아름다운 뷰가 기다리고 있으므로, 혹시 관심 있는 분은 이곳 등산을 적극 추천. 국내 등산 마니아 세계에서는 나름 성지 중 한 곳임.

자, 그럼 다시 이야기로 돌아와 주차장에서 산 안

으로 조금 들어가자마자 건물 몇 개가 눈에 띈다. 이 중 가장 안쪽의 높은 장소에 있는 작은 건물부터 가 보기로 하자.

김유신과 범일국사

가장 안쪽의 높은 장소에 위치한 작은 건물 이름은 산신당(山神堂)으로 말 그대로 산신을 모신 사당이다. 지금은 주로 사찰에 가면 산신각을 만날 수 있는데, 이는 불교가 한반도에 도입된 후 점차 산에 사찰이 만들어지면서 산에 있던 토착 신을 수용하는 과정 중 자연스럽게 등장한 것이다. 이곳처럼 당시 사람들이 중요하게 여긴 장소에 독자적으로 산신을 위한 사당을 만들어 모시기도 했다.

투박한 돌계단을 따라 올라가자 묘한 기(氣)가 느껴졌다. 피부가 소름 돋는 느낌이 들더니, 갑자기 등 뒤에 서늘한 느낌이 한 순간 지나가는걸. 참 묘한 느낌이야. 나는 어릴 적부터 유적지, 고분, 사당 등을

산신당. (위) 산신당 내부에 있는 그림. 그림의 주인공은 김유신 장군이다. ©Park Jongmoo

하도 많이 돌다보니, 어느 순간 이런 기를 종종 느끼곤 하는데, 그래서인지 몰라도 이곳은 굿이 자주 벌어지는 장소로도 유명하지. 내가 도착한 시간은 좀 늦어서 무당들이 이미 파하고 내려간 것 같은데, 산신각 내부에는 오늘 굿과 제를 지내고 올린 술과 과일 등이 많이 보인다. 언젠가 이런 느낌을 바탕으로 무서운 이야기를 책으로 하나 쓰고 싶은데, 당장 나부터 못 읽을까봐 도전 못하고 있다.

한편 사당 내에는 그림이 하나 걸려 있다. 수염이 난 노인이 호랑이를 타고 있는 불화 형식의 그림이 그것. 이와 유사한 산신령 그림을 요즘은 박물관 전시실에서 쉽게 만날 수 있지만 확실히 본래 있어야 할 곳에 있을 때 그림의 힘이 남다르게 다가오는 것 같다.

그런데 이 산신의 이름이 놀랍게도 김유신이라는 사실. 즉 신라 진골 출신으로서 삼한일통을 이룩한 바로 그 영웅이 대관령 산신으로 모셔지고 있는 것이다. 이에 대해 강릉 출신인 허균은 다음과 같은 기록을 남겼다.

> 계묘년(1603) 여름이었다. 나는 명주에 있었는데 고을 사람들이 5월 초하룻날에 대령신(大嶺神)을 맞이한다 하여 그 연유를 향리에게 물으니 이렇

게 답했다. "대령신이란 바로 신라 대장군 김유신 입니다. 공은 어렸을 때 명주를 돌아다니며 배웠는데, 산신이 검술을 가르쳤습니다. (중략) 공이 죽어서 대령의 신이 되어 지금에 이르기까지 신령함이 있으니 고을 사람들이 해마다 5월 초하루에 번개(幡蓋)*와 향화(香花)를 갖추어 대령에서 맞이하여 명주부사(溟州府司)에 모신답니다. 그리하여 닷새 되는 날 갖은 놀이를 베풀어 신을 즐겁게 해드립니다."

허균 《성소부부고(惺所覆瓿藁)》 대령산신찬병서(大嶺山神贊并書)

그렇다. 대관령의 신으로 모셔진 시기가 언제부터인지는 알 수 없으나 최소한 임진왜란 직후인 허균이 활동할 당시에도 김유신은 이곳 산신으로 군림하고 있었다. 덕분에 오래 전 처음 이 사실을 알았을 때는 반갑고 기쁜 마음이 들었었지. 왜냐면 내가 한반도 역사에서 좋아하는 영웅 중 2위가 다름 아닌 김유신이기 때문. 1위는 문무왕이고. 그래서 과거에도 굳이 이곳까지 방문한 적이 있었다. 참고로 남다른 기(氣)가 느껴지는 장소로 바다에 있는 문무대왕

*비단으로 만든 깃발 형식의 장식물. 본래 불교에서 사용한 장식이나 이후 여러 행사에도 사용된다.

성황사 내부에 있는 그림. 그림의 주인공은 범일국사다. (위) 성황사 전경. ©Park Jongmoo

릉 역시 유명하니, 이렇듯 두 인물 모두 엄청난 에너지를 지닌 장소와 지금도 연결되고 있구나.

이제 아래로 내려와 산신각보다 좀 더 큰 건물을 방문해본다. 성황사라 불리는 사당 내부에도 역시나 불화 형식의 그림과 함께 술, 과일 등이 올려 있군. 이곳 역시 분출되는 에너지가 남다르게 느껴지는데, 그나마 산신각보다는 조금 약하게 다가온다. 아무래도 산신각과 비교해 조금 낮은 곳에 위치한 데다 건물이 커서 조금 넓게 퍼진 느낌이라 그런 듯싶다. 대신 산신각보다 포근하고 안정된 감정이 다가오는걸.

내부에 배치된 그림은 활을 등에 매고 흰 말을 탄 장군 같은 인물이 주인공이며 양 옆으로는 호랑이 두 마리를 거느리고 있다. 그림이 지닌 힘은 오히려 산신각보다 더 강한 듯. 대신 더 넓은 공간에 강한 그림을 배치하여 좁은 공간에 신령 그림을 배치한 산신각과 미묘한 균형을 맞추고 있다.

그런데 이처럼 무서운 장군 같은 그림의 주인공이 다름 아닌 범일국사라는 스님이라는 사실. 왜 스님이 장군처럼 묘사되었는지 알 수 없으나, 국사성황사라 불리는 이곳의 사실상 주인공이기도 하다. 실제로 강릉에서 주최하는 단오 산신제의 경우 산신각의 김유신에게 먼저 제를 지낸 후 성황사의 범일국사에게 제를 지내는데, 이때 범일국사제가 더 메인 행사다. 그만큼 강릉에서는 범일국사라는 인물이 남다른 의미를 지니고 있음을 보여준다. 택시 기사님 말에 의하면 강릉 사람들 중 범일국사를 모르는 이가 거의 없다 할 정도. 즉 한반도 전체에서는 김유신이 유명할지 모르나, 최소한 대관령과 강릉에서는 범일국사가 더 큰 명성을 지니고 있는 것이다.

과연 어떤 인물이기에 이처럼 높은 대우를 받고 있는지, 지금부터 강릉시로 다시 돌아가면서 역사 속 범일국사를 알아보자.

범일국사 가계

택시를 타고 30분 정도 산을 내려가 오늘 많은 이야기를 나눈 기사님과는 강릉대도호부 관아에서 헤어지기로 했다. 이렇게 오후 2시부터 탄 택시가 오후 6시로 끝나는 순간이 다가오는군. 우후~ 오늘도 의식의 흐름에 따라 정말 잘 돌아다녔네. 택시에서 내린 뒤 밥을 먹어야지. 슬슬 배가 고프다.

택시는 꼬불꼬불 길을 따라 내려가는데, 산 아래로 펼쳐진 주변 풍경이 너무 좋다. 특히 산을 타고 내려가면서 얼핏얼핏 보이는 강릉시의 모습이 아름답군. 실제로도 1984년에 만든 신사임당 사친시(思親詩)를 새긴 비석이 길 중간에 높게 세워져 있는 등 대관령에서 본 강릉의 모습은 과거에도 유명했던

김홍도 〈대관령〉, 《금강사군첩》. 개인 소장.

모양. 이를 소위 '신사임당 사친시비'라 부른다.

다음은 사친시라 하여 신사임당(申師任堂, 1504~1551년)이 38세에 어머니를 강릉 친정에 남겨 두고, 시댁으로 돌아가던 중 대관령 중턱에서 고향을 내려다보며 지은 시다.

대관령을 넘으며 친정을 바라보다(踰大關嶺望親庭)

늙으신 어머님를 고향에 두고(慈親鶴髮在臨瀛)

외로이 서울로 가는 이 마음(身向長安獨去情)
돌아보니 북촌은 아득도한데(回首北村時一望)
흰 구름만 저문 산을 날아 내리네(白雲飛下暮山青)

김홍도가 그린 《금강사군첩》 중 〈대관령〉에서도 지금의 풍경을 그림으로 담고 있지. 대관령에서 바라본 강릉의 풍경이 그것. 금강사군첩 중 내가 가장 좋아하는 장면이기도 하다. 이 역시 그림을 소개하는 것으로 대신하자.

그럼 슬슬 범일국사에 대한 이야기를 이어가볼까?

대관령의 주요 신(神)으로 모셔지고 있는 범일국사는 대관령 산신이 된 김유신처럼 실존했던 역사 인물이다. 통일신라 후반에 등장한 선종을 기반으로 하는 9산 중 사굴산문(闍崛山門)을 강릉 굴산사(掘山寺)에서 전파한 당대 최고의 승려 중 하나로 손꼽혔거든.

그런데 그의 가계가 무척 흥미롭다. 952년 편찬된 중국의 《조당집(祖堂集)》에는 석가모니를 포함한 여러 중국 선사(禪師) 외에 신라 출신 선사 11명의 전기가 담겨 있는데, 이 중 범일국사가 등장하며 다음과 같은 가계를 보여주고 있거든. 참고로 선사는 선불교, 즉 선종을 기반으로 하는 승려를 의미하며 이렇듯 조당집은 선종 역사책이라 하겠다.

> 성은 김씨이고 시호는 통효(通曉)이며 이름은 품일(品日)이다. 그의 할아버지는 명주도독 김술원이고 어머니는 문씨이며 13개월 만에 태어났다. 15세에 출가, 829년(흥덕왕 4) 경주에서 구족계(具足戒)를 받았고 왕자인 김의종을 따라 당나라에 들어가 마조도일의 제자인 염관, 제안에게 6년간 사사하였다.
>
> 《조당집》 범일국사

자~ 《조당집》 기록에 따르면 그의 할아버지는 강릉에서 명주도독, 당시 진골 신분이어야 오를 수 있던 높은 관직의 인물이었으며, 아버지는 구체적 정보가 없으나 어머니는 문씨였다. 이에 따라 학계에서는 진골 신분의 할아버지 이후 아버지는 완전히 강릉에 자리 잡고 살았으며, 그 과정에서 지역 호족인 문씨 가문과 결혼한 것으로 파악하고 있다. 그렇다면 범일국사는 '진골 + 호족' 혼인을 통해 태어난 인물이었던 것.

무엇보다 범일국사는 810년에 태어나 889년까지 활동하였는데, 마침 이는 앞서 등장했던 김주원의 증손자인 김흔(803~849년), 김양(808~857년)과 동일 시기였다. 이로서 우리는 9세기 시점 강릉에 기반을 둔 진골 가문의 두 가지 유형을 확인할 수 있다. 1. 김주원 가문처럼 여전히 진골 신분을 유지하며 수도인 경주에서 적극적으로 활동한 유형 2. 범일국사처럼 본래 진골 가문 출신이나 경주 진출을 포기하고 강릉에 자리 잡은 채 지역 호족과 결합한 유형.

이렇게 지방에 자리 잡은 진골 가문은 점차 지역 호족과 연결되면서 해당 지역에서 상당한 명성을 갖추게 된다. 덕분에 범일국사는 경주로 가서 구족계(具足戒)를 받아 당시 승려로서 활동할 수 있는 중요 조건을 갖출 수 있었고, 당나라로 유학할 때는 신라 사신과 함께 바다를 건너는 특혜까지 얻을 수 있었다. 즉 지방 호족의 피를 가지고 있었음에도 진골 피 역시 지니고 있었기에 신라 정부 역시 젊은 시절의 범일국사를 남다른 대우로 대접했던 것.

당나라 유학 열풍

신라 왕 지원으로 당나라에 사신 또는 유학을 간 뒤 당나라 관직을 얻어 신라로 돌아오던 시대를 지나 어느 순간부터 누구든 실력이 있다면 당나라 유학을 도전하는 시기가 열렸다. 이는 대한민국의 경우에도 1990년까지는 나라에서 지원하는 국비 장학생 이외에는 해외 유학이 거의 어렵다가 이후로는 국비 장학생 외에도 집안에 능력이 있으면 유학을 보내더니, 요즘은 중산층도 해외 유학을 보내기 위해 노력하는 모습과 연결된다.

이처럼 유학을 간 인물 중 최치원(崔致遠, 857~908(?)년)이 특히 유명하지. 그가 당나라 과거 시험에 합격한 후 그곳에서 관직을 얻고 활동하다

신라로 귀국한 내용은 국사 교과서에도 실리는 등 매우 잘 알려져 있으니까. 하지만 최치원말고도 당시 유학을 떠난 신라인의 숫자는 대단히 많았다. 지금 기준으로 국립대학과 유사한 당나라 국자감(國子監)에서 공부 중인 신라 유학생 숫자가 837년에만 무려 216명에 다다른다는 기록, 8~9세기 당나라에서 공부하던 신라 승려 중 이름이 확인된 경우만 80여 명에 이르는 것으로도 충분히 이해할 수 있겠다. 무엇보다 당시 유학 출신 승려는 사회적으로 엄청난 지식인으로 대우받던 시기였거든. 당나라 선진 문화를 접하고 + 한자까지 사용 가능한데다 + 불교 교리까지 신식 논리에 따라 세련되게 설명이 가능했으니까.

이런 과정에서 기존의 진골 신분 외에 6두품 가문 출신마저 적극 해외 유학을 떠나면서 점차 이들은 기존의 완고한 신분제를 넘어 더 높은 대우를 받기 원했다. 실제로도 신라 정부는 유학 출신에게 높은 대우를 해주었다.

자옥(子玉)을 양근현 소수(小守: 현령)로 삼았다. 집사사(執事史: 중앙 부서)의 모초가 반대하며 말하기를, "자옥은 문적(文籍)으로 선발된 사람이 아니므로, 지방관의 직분을 맡길 수 없습니다."라 하였다. 시중(侍中: 지금의 총리)이 의견을 말하기를, "비록 문적으로 선발되지는 않았지만, 일찍이 당으로 들어가 국자감의 학생이 되었으니, 지방관으로 쓸 수 있지 않겠습니까?" 라고 하였다. 왕이 그 의견을 따랐다.

《삼국사기》 신라본기 원성왕(元聖王) 5년(789) 9월

이는 자옥이라는 인물이 당나라 유학을 다녀온 인물이었기에 신라 시스템을 통과한 문적 출신이 아님에도 현령이라는 지방 관직을 주었다는 기록이다. 이는 곧 이 시점부터 신라에서는 당나라 유학 출신이라는 신분이 각광을 받기 시작했음을 의미한다. 지금 기준으로 본다면 해외 대학에서 공부한 것 역시 한국 대학에서 공부한 것과 동일한 또는 그 이상의 경력으로 인정해주는 것과 유사하겠군.

9세기에 들어오자 범일국사처럼 진골과 호족 간에 태어난 인물까지 당나라 유학을 가게 되었으니, 이런 경우는 비단 범일국사만의 특별한 경우가 아니었다. 당시 유학 열풍은 신라 전역에서 벌어지는 일대 사건이었던 것. 또한 경주에 기반을 둔 진골, 6두품 외에 지방의 세력가까지 자식을 당나라로 유학 보내는 시기가 된 만큼 해당 지역에서는 자신의 지역에서 당나라 유학을 다녀온 인물에 대한 자부

심이 남다를 수밖에 없었다. 이러한 유학생들은 지역 정체성에 있어서도 남다른 의미를 부여했으니, 당나라에 유학생을 보낼 만큼 우리도 문화적으로 수도인 경주 못지않다는 자부심이 그것이다.

그 결과 847년 범일국사가 오랜 공부를 끝내고 당나라에서 돌아오자, 마침 당시 명주도독이었던 김공이 특별히 청하여 강릉의 굴산사 주지로 부임하게 된다. 이는 곧 당시 고향인 강릉에서 그가 돌아오기를 그만큼 원하고 있었음을 의미한다. 현재에도 강릉에는 굴산사지라 하여 그 유적지가 여전히 남아 있다. 한편 금의환향 후 그는 주로 강릉에서 활동하며 법문을 펼쳤는데, 경문왕, 헌강왕, 정강왕 등 신라의 세 왕으로부터 왕사(王師)가 되어달라는 권유를 받았으나 이에 응하지 않고 죽을 때까지 40년간 강릉에서 지낼 정도로 그 의지가 확고했다.

당시 경주로 가서 왕사가 된다는 것은 어마어마한 권위와 명예를 얻는 일임에도 불구하고 이를 과감히 거절하고 강릉에만 머문 그에 대한 존경심은 그가 열반한 뒤로도 강릉에서 쭉 이어졌다. 덕분에 강릉 곳곳에는 지금도 범일국사에 대한 전설과 유적지가 존재하며, 어느 시점부터는 대관령 국사성황사에서 보듯 아예 강릉을 지켜주는 신으로 모셔진다.

결국 범일국사가 유학 후 40여 년 간 강릉에서 지

내며 법문을 펼친 의리를 1100년이 지난 지금까지 강릉 사람들은 잊지 않고 대우하고 있는 것이니, 무려 1100년 이상을 함께한 그 의리가 참으로 아름답구나. 이렇듯 범일국사와 강릉이 보여준 서로 간의 의리는 한반도 역사에 길이 남을 모범적인 모습이라 생각한다. 그래서 언젠가 이 내용을 많은 사람들에게 반드시 알려주고 싶었는데, 오늘 그 소원을 조금 풀어본다.

범일국사에 대해 이야기하다가 내가 이렇게 이야기하니 기사님이 크게 반응한다.

"그러니까 명문 강릉고등학교 출신으로 서울에 뽑혀간 뒤 미국 명문대 유학까지 다녀왔으나 고향을 발전시키겠다며 높은 지위를 마다하고 돌아온 인물에게 느끼는 감정과 유사하겠군요."

"손님 말씀을 들어보니, 지금 눈으로 보아도 범일국사의 결정은 대단하군요. 하하. 그 정도 경력이면 지금도 당연히 서울에 가려 하죠. 왜 강릉으로 돌아오겠어요. 당장 강릉의 인물이라는 율곡 이이, 허균 모두 강릉에서 태어났지만 서울로 갔잖아요. 지금도 마찬가지죠."

강릉대도호부

오후 6시 5분이 되어 강릉대도호부에서 택시 기사님과 헤어졌다. 반나절 동안 지역 이야기와 더불어 풍족한 여행을 도와준 기사님께 감사. 아, 그렇지. 마침 이곳에 왔으니, 밥 먹으러 가기 전까지 이야기를 아주 조금만 더 이어가볼까? 어차피 오후 6시면 관아 문이 닫혀서 들어가지도 못함.

강릉대도호부(江陵大都護府)는 이름에서 느껴지는 포스부터 남다르다. 도호부 중에서 큰 도호부라 하여 대도호부라 부르니 그렇게 다가오는 듯. 실제로 조선 시대에 대도호부는 강릉, 안동, 영흥, 영변, 창원으로 불과 5곳에 불과했다. 다만 일제 강점기 시절 근대화라는 미명 아래 관아가 철거되었으나

임영관 삼문. 강릉 대도호부에 남아 있는 국보로 고려 시대 건축물이다.
ⓒPark Jongmoo

근래 대부분 복원되어 현재 모습이 만들어졌다.

안타까운 역사에도 불구하고 이곳에 고려 건축물이 존재한다. 국보로 지정된 '임영관 삼문(臨瀛館三門)'이 바로 그 주인공. 게다가 한때 삼문 중앙에 걸려 있던 현판은 1366년, 고려 공민왕이 친필로 내린 것으로 알려져 있다. 당시 공민왕이 양양 낙산사로 행차하던 도중 이곳에 머물며 남긴 글씨라 하더군. 일제 강점기 때 임영관을 철거하는 과정에서 본래 내부 중앙 건물에 있던 현판을 떼어 삼문에 걸어 둔 것이다.

결국 임영관 삼문은 관아 건물 중 유일하게 살아남은 끈질긴 생존력을 보였다. 지금은 2006년 임영관을 전부 복원한 뒤 본래 현판이 있던 위치로 다시 옮겨놓아 임영관 삼문에서는 현판을 볼 수 없다. 아주 힘 있는 글씨가 일품이니 공민왕의 흔적을 확인하고 싶다면 꼭 방문해보자. 아참, 공민왕 글씨는 현재 임영관 내부의 중앙 건물인 전대청(殿大廳)에 걸려 있음.

이제 저녁을 먹으러 동쪽에 위치한 월화거리로 걸어가야겠군. 여기서 금방이다. 한 8~10분 정도 걸으면 도착할 듯.

걸으면서 이야기를 더 이어가자면, 근래 강릉대도호부를 새롭게 정비하고 복원하는 과정에서 고려부터 조선 시대까지의 유물이 출토됨으로써 이곳이 고려 시대부터 중요한 건물지로 존재했음이 밝혀졌다. 실제로 1788년에 편찬된 강릉 향토 자료인 《임영지(臨瀛誌)》에 따르면 강릉 대도호부 관아는 고려 태조 19년(936)에 만들어졌고, 총 83칸에 이르는 커다란 규모였다고 하는군. 마침 이 시기는 강릉을 동원경(東原京)이라며 높게 부르던 시기와도 연결된다.

공민왕의 글씨가 일품인 임영관 삼문 현판. 임영관 내부 중앙 건물인 전대청에 걸려 있다. ©Park Jongmoo

아, 기억나지? 아까 월화정에서 이야기하던 중 허균이 기록으로 남긴 〈별연사고적기〉에 강릉을 동원경이라 표기했던 것을 언급한 적이 있으니까. 이곳 역시 〈별연사고적기〉의 배경이 되는 장소였던 것이다. 스토리텔링에 따르면 이곳 관아에서 신라 왕자인 무월랑이 머물며 가까운 월화정에 있던 연화 부인을 만난 것이니까.

그렇다면 왜 고려 태조인 왕건 시대에는 이곳을 특별히 동원경이라 부르며 큰 규모의 관아를 만든 것일까? 당연히 당시 강릉이 중요한 의미를 지녔기 때문이다. 실제로 신라 말 이 지역은 남다른 호족 세력들이 존재했으니, 신라를 잇는 새로운 국가인 고려는 이들을 실력으로 제압하기 위해 누가 보아도 당당할 만한 큰 관청이 필요했던 모양.

왕순식(王順式)은 명주 사람이다. 명주의 장군으로서 오래도록 항복하지 않자, 태조(왕건)가 걱정하였다. 시랑(侍郎) 권열이 아뢰기를, "아버지가 자식을 가르치고, 형이 아우를 훈계하는 것은 천리입니다. 왕순식의 아버지 허월이 지금 승려가 되어 개경에 있습니다. 그를 보내어 타이르게 하십시오."라고 하니, 태조가 따랐다. 왕순식이 마침내 맏아들 수원(守元)을 보내어 귀순 의사를 밝히니, 왕씨 성(姓)을 내렸고 토지와 집도 하사하였다.

(중략)

태조가 후백제 신검을 토벌할 적에 왕순식이 명주에서 군대를 거느리고 전투에 합류하여 격파시켰다. 태조가 왕순식에게 말하기를, "짐이 꿈에서 갑사(甲士) 3000명을 거느리고 온 기이한 승려를 만났다. 다음날 경이 군대를 이끌고 와서 도와주었으니, 이는 그 감응이로다."라고 하였다. 왕순식이 말하기를, "신이 명주에서 출발하여 대현(大峴: 대관령)에 이르렀을 때 기이한 승려의 사당이 있어 제사를 올리면서 기도드렸습니다. 주상께서 꿈을 꾸신 것은 반드시 이것 때문일 것입니다."라고 하니, 태조가 기이하게 여겼다."

《고려사》 열전 제신(諸臣) 왕순식

왕순식의 기존 성은 알려져 있지 않으며 다만 왕건에 대항하다가 922년, 복속 직후 왕(王)씨 성을 받은 것으로 기록되어 있다. 이후 후백제를 정복하는 과정에서 왕순식은 강릉 군대를 이끌고 전쟁에 참가했는데, 이때 대관령에서 한 승려의 사당에 제사를 지냈다는 이야기를 했으며, 왕건 역시 한 승려가 3000명의 병력을 끌고 온 꿈을 꾸었다고 이야기한다. 이를 학계에서는 대관령에 존재하는 범일국사 사당에 대한 나름 첫 기록이라는 견해도 있는 모양이다.

어찌되었든 이런 과정을 통해 강릉 지역은 고려에 속하게 되었으나 그럼에도 불구하고 대규모 병력을 동원하는 세력이 존재했던 만큼 이를 철저히 관리하는 것이 중요했다. 이에 왕건은 왕순식 외의 강릉 세력 중 김주원의 후손을 주목했다.

왕백(王伯)의 초명은 김여주이며 강릉 사람이다. 본디 성(姓)은 김씨이며 신라 태종(太宗: 김춘추)의 5세손인 김주원(金周元)의 후손이다. 먼 조상인 김예(金乂)가 태조(太祖, 왕건)를 도와 공이 있었으므로 관직은 내사령(內史令)을 지냈으며, 태조가 그의 딸을 맞아들여서 왕비로 삼고 왕씨 성을 하사하였다.

《고려사》 열전 제신(諸臣) 왕백

고려 초 김예라는 인물이 다름 아닌 김주원의 후손이었던 것. 특히 김예는 왕순식보다는 약했지만 상당한 힘을 지닌 강릉 세력가인 데다 가문 뼈대마저 진골 출신으로 탄탄하였기에 왕건과 그의 딸이 결혼하며 고려 왕의 장인이 될 수 있었다. 그럼에도 불구하고 김예는 얼마 뒤 왕 씨 성을 받아 왕예가 되었으니, 이는 곧 진골 김씨를 대신하는 새로운 지배층이 등장했음을 여실히 보여준다. 이때 왕건과 결혼한 김예의 딸은 대명주원 부인(大溟州院夫人)이며, 고려 왕비가 된 김주원의 후손이다. 이렇듯 다양한 방식으로 고려 정부는 강릉의 호족에 대한 관리에 나선 것이다. 다만 신라 기록에는 김주원이 태종무열왕의 6세손이나 고려 기록에는 5세손으로 나오는 것이 흥미롭군. 시대가 지나면서 가문의 기록 역시 여러 갈래로 나뉜 듯.

하지만 김예를 보면 알 수 있듯 새로운 시대인 고려가 열리자 진골은 점차 옛 지배층을 상징하는 의미를 지녔을 뿐이었다. 강릉 내에서도 뼈대 있는 김주원의 후손 김예보다 새롭게 일어선 지역 호족인 왕순식이 더 세력이 강했을 정도였으니까. 뿐만 아니라 한때 지방 개경의 호족 성인 왕 씨가 왕족 성이 되었고 김씨 성을 지녔던 인물마저 그 분위기에 맞추어 왕씨로 성씨를 바꾸는 시기가 온 것이다.

그렇게 10세기 들어오면서 경주 중심의 문화가 지방 곳곳의 호족을 기반으로 하는 문화로 빠르게 교체되고, 이로써 10세기 후반 진골 김씨는 본관(本貫)의 도입과 함께 각각 강릉 김씨, 경주 김씨, 김해 김씨 등으로 변경되기에 이르렀다. 단순히 오직 김씨 성만으로도 위대한 진골 출신으로 인식되었던 시대가 완전히 마감되고 만 것.

음, 드디어 월화거리 도착이로군. 와! 번성한 상권이라 그런지 저녁이 되자 더욱 사람들로 붐비네, 그럼 오늘 여행 이야기는 이것으로 마감하자. 거리를 좀 구경하다가 맛있어 보이는 식당에 들어가 저녁을 먹고 예약한 숙소로 가야겠다. 워낙 강릉이 관광지라 택시로 이동 중에 틈틈이 검색해 좀 비싸지만 괜찮은 곳을 겨우 예약했거든. 평일에도 이 정도니 주말에 당일 숙소 구한다는 건 하늘의 별따기일지도 모르겠군.

그럼 출출한데, 보쌈이나 먹을까? 마침 근처에 맛있는 보쌈집이 있는데. 룰루랄라.

12

마지막 진골

마의태자

낙산사 입구에서 스마트폰을 꺼내 시간을 보니 벌써 오후 12시 30분이다. 어제 강릉 월화거리에서 저녁을 먹고 숙소에서 하루 푹 잤거든. 아침형 인간인 나답지 않게 오전 10시쯤 일어났나? 여행 며칠 했다고 다리가 후들거리고 피곤해서 말이지. 그리고 강릉시외버스터미널로 이동하여 11시 25분 버스를 타고 낙산사까지 왔더니 이 시간이네. 아침은 시외버스터미널 식당에서 갈비탕으로 제대로 먹었다. 아침이 든든해야 하루가 든든하니까.

오늘은 낙산사를 구경한 뒤 속초로 건너가서 설악산으로 갈 예정이다. 이번 여행을 완벽히 마무리하려면 한반도의 명산 중 명산인 금강산까지 가야

하지만, 휴전선 때문에 접근이 불가능하니 어쩔 수 없지. 왜 목표가 금강산이냐고? 과거부터 강원도 동해안 여행의 가장 중요한 장소가 다름 아닌 금강산이었기 때문이다. 그리고 또 다른 이유로는….

왕은 사방의 토지가 모두 남의 소유가 되어 국력이 약해지고 세력이 고립되어 스스로 편안할 수 없게 되었다고 여겨, 여러 신하들과 국토를 들어 태조에게 항복할 것을 논의하였다. 여러 신하들이 의논하기를, 혹자는 그렇게 하는 것이 좋다고 하고 혹자는 안 된다고 하였다.

왕자가 말하기를, "나라의 존망은 반드시 하늘에 달려 있는 것입니다. 오직 충성스러운 신하, 의로운 선비와 합심하여 민심을 수습하여 스스로 지키다가 힘이 다한 후에 그만두어야지, 어찌 1000년 사직을 하루아침에 가벼이 남에게 주는 것이 옳은 일이겠습니까?" 라고 하였다.

왕이 말하기를, "고립되고 위태로움이 이와 같아 세력이 온전할 수 없다. 이미 강해질 수 없고 또 약해질 수도 없으니, 죄 없는 백성들이 간장과 뇌수가 땅에 널리는 참혹한 죽임을 당하게 하는 것은 내가 차마 할 수 없는 일이다."라 하고, 시랑(侍郞) 김봉휴에게 편지를 가지고 가게 하여 태조에게 항복하기를 청하였다. 왕자가 울며 왕에게 하직하고, 바로 개골산(皆骨山, 금강산)에 들어가 바위에 기대어 집으로 삼고, 삼베옷을 입고 풀을 먹으며 일생을 마쳤다."

《삼국사기》 신라본기 경순왕 9년(935) 10월

1000년 가까이 지속하던 신라는 935년 10월, 고려에 항복하면서 역사 속으로 사라졌다. 이와 함께 신라 왕족을 상징하던 진골 역시 역사 속으로 사라졌다. 그렇다면 신라를 상징하던 진골의 마지막 인물은 과연 누구일까?

신라의 마지막 왕인 경순왕도 물론 진골이었겠지만 남다른 항전 의지를 보이며 최후까지 신라인으로서 살아간 경순왕의 왕자, 즉 마의태자(麻衣太子)가 아무래도 마지막 진골이 아닐까 싶군. 하지만 위 기록처럼 마의태자는 마지막 항전 의지가 아버지에게 거절되자 금강산으로 가서 일생을 마쳤다. 넉넉한 왕건의 인품과 신라 조정에 대한 높은 대우를 미루어볼 때 고려로 항복했다면 좋은 대접을 받았겠지만, 마지막 진골로서 신라에 대한 의리를 끝까지 지킨 것이다. 참고로 마의태자는 금강산에서 삼베옷을 입고 살다 죽었다고 하여 후대에 붙여진 명칭이다.

그렇다면 935년, 마의태자는 경주를 출발하여 포항→울진→삼척→동해→강릉→양양→속초→금강산으로 향했을 것이다. 이는 그제, 어제 여행에서 보았듯 과거 수많은 화랑과 진골이 이동했던 루트이기도 하지. 지금 내가 양양의 낙산사에 있으니, 그들의 발자취를 이제 거의 다 따라온 셈이군. 즉 금강산은 신라와 진골의 가장 마지막 이야기가 담겨 있는 장소이기도 한 것이다. 하지만 앞서 이야기했듯 금강산 방문은 현재 불가능하다. 언제쯤 자유로운 동해안 여행이 가능해질까? 글쎄. 지금 분위기를 봐서 한 100년 뒤? 음.

관세음보살

양양의 낙산사는 그 규모부터 남다르며 그만큼 명성 또한 상당하다. 매번 방문할 때마다 관람객과 신자로 가득할 정도니까. 오늘 역시 주차장부터 엄청나군. 과장해서 대한민국 불자의 100분의 1이 이곳에 모인 느낌. 뿐만 아니라 해가 지날수록 외국인 방문마저 크게 늘어나고 있다. 지금도 여기저기 외국인이 보이는걸. 나 역시 강원도 동해안에 올 때마다 반드시 들르는 사찰이기도 하지. 바닷가를 접한 사찰의 풍경이 너무나 멋진 데다 이유가 하나 더 있다면 그것은….

일주문을 지나 한참 경사가 높은 언덕을 따라 쭉 올라가다보면 홍예문에 도착하니, 마치 도성에서 성

낙산사 홍예문. ©Park Jongmoo

을 쌓아 내외를 구분하듯 홍예문을 기준으로 사찰 내외를 구분하도록 하였다. 당연히 일반 사찰에서 보기 드문 꽤나 격을 높인 흔적이다. 이는 조선 시대인 1466년, 세조가 낙산사를 직접 행차한 일이 있었기에 이를 기념하여 만들어진 문이다.

당시 세조는 강원도를 순행하면서 금강산, 양양, 평창 등을 방문했는데, 총 9곳의 사찰을 방문했으며 이 중 낙산사를 특별히 중창하도록 명했다.

> 우리 태상대왕(세조)께서 재위 12년(1466) 동쪽으로 순행하여 금강산에 올라 담무갈보살(曇無竭普薩)에 예배하시었다. 바다를 따라 남으로 내려와 낙산사에 친히 행행하시었다. 왕대비와 우리 주상 전하가 관세음보살상에 우러러 예배하시니 사리가 분신하여 오색 고운 빛깔이 맑게 빛났다. 이에 태상대왕께서 큰 서원을 발하시어 선덕(禪德) 학열에게 명하여 중창하게 하시고, 우리 전하의 복을 비는 원찰로 삼도록 하셨다. 전하께서 그 큰 서원을 추념하니 이어 글 짓는 것이 더욱 경건해진다. 절이 다 이루어지니 무릇 백여 칸인데 장엄함과 수려함이 극에 달하였다. 아울러 온갖 비품을 갖추었으니 이 종도 그중의 하나이다.
>
> 낙산사 동종

2005년 화재로 사라진 보물 낙산사 동종에는 이와 같은 문장이 새겨져 있었다. 당시 세조는 낙산사에 있는 관세음보살을 만나러 왔던 것. 그리고 이러한 왕의 직접 행차는 세조뿐만 아니라 태조 이성계, 고려 공민왕도 있었으며, 이외에 직접 방문하지 않았을 뿐 고려와 조선의 여러 왕들도 낙산사에 관심을 두고 지원을 아끼지 않았다. 당연히 이와 같은 왕의 방문과 지원 역시 이곳에 있는 관세음보살을 위함이었으니, 그렇다. 지금 사찰에 가득한 사람들 중 상당수는 관세음보살 성지로서 낙산사를 방문 중인 것이다. 내가 강원도 동해안을 올 때마다 이곳을 방문하는 이유 역시 그렇고.

앞에서 김주원 증손자인 김흔 이야기를 하다가 김흔의 딸을 흠모한 나머지 관세음보살 앞에서 기도를 한 후 실제 같은 꿈을 꾼 조신 일화를 소개한 적이 있다. 마치 영화 매트릭스 같은 꿈 말이지. 바로 이때 조신이 기도한 장소 역시 다름 아닌 낙산사의 관세음보살상이라는 사실.

실제로 낙산사는 그 이름부터 의미가 남다르다. 불경에 따르면 관세음보살은 보타락가산(補陀洛迦山)에 머문다고 한다. 이 산은 인도 남동쪽 해안가에 있는 산이라 전하는데, 신라 역시 점차 관세음보살을 접하면서 해당 성지를 아예 신라로 옮겨오고 싶어졌다.

> 옛날 의상법사가 처음으로 당나라에서 돌아와 관음보살의 진신(眞身)이 이곳 해변의 굴 안에 산다고 듣고, 이로 인하여 낙산(洛山)이라고 이름하였으니, 서역(西域: 인도)에 보타낙가산(寶陀洛伽

山)이 있는 까닭이다. 이것을 소백화(小白華)라고 하는 것은 백의보살[白衣大士: 흰 옷을 입은 관세음보살]의 진신이 머물러 있는 곳이므로 이를 빌어 이름 지은 것이다.

의상이 재계한 지 7일째에 좌구(座具: 방석)를 새벽 물 위에 띄웠더니, 불법을 수호하는 용천(龍天)의 8부(八部) 시종이 굴속으로 그를 인도하였다. 공중을 향하여 예배를 드리니 수정 염주 한 꾸러미를 내어주므로 의상이 받아 물러났다. 동해의 용 역시 여의보주 한 알을 바치므로 법사가 받들고 나왔다. 다시 7일을 재계하고 나서 곧 관음의 진용을 보았다. 관음이 말하기를, "자리 위의 산정에 한 쌍의 대나무가 솟아날 것이니, 그 땅에 불전을 지음이 마땅하리라." 고 하였다. 법사가 그 말을 듣고 굴 밖으로 나오니 과연 대나무가 땅에서 솟아나왔다.

이에 금당을 짓고 관음상을 빚어 모시니 그 원만한 모습과 고운 자질은 엄연히 하늘이 낸 것 같았다. 그러자 곧 대나무가 없어졌다. 그제야 그 땅이 관음 진신이 있어야 할 곳임을 알았다. 이로 인해 그 절 이름을 낙산이라고 하고, 의상은 받은 두 구슬을 성전에 모셔두고 떠났다.

《삼국유사》 제4 탑상 낙산의 두 성인 관음과 정취 그리고 조신

이처럼 의상 대사는 보타낙가산(寶陀洛伽山)을 줄여 낙산(洛山)이라 정한 뒤 이곳에 관세음보살을 모셨던 것이다. 동해 해안가에 위치한 78.5m의 나지막한 낙산이 바로 그곳. 이렇게 관세음보살과 함께하는 낙산사 역사가 시작되었으니 문무왕 대의 일이라 전하고 있다. 참고로 의상 대사는 성이 김(金)으로 진골 출신이며 동시대 원효와 더불어 신라를 대표하는 승려로 매우 유명하지. 의상에 대한 이야기는 언젠가 기회가 되면 원효와 함께 더 깊게 살펴보기로 하고, 오늘은 낙산사의 시작을 알린 의상 대사까지만 살펴보기로 하자.

이후 낙산사는 통일신라 후반 강릉의 범일국사에 의해 다시 한 번 크게 중창되며 그 명성을 지금까지 이어오고 있다. 그만큼 동해안을 대표하는 사찰이라 하겠다.

홍련암에서 만난 용

사찰을 쭉 돌아서 가장 깊숙이 바다와 맞닿고 있는 홍련암에 도착했다. 다름 아닌 의상 대사가 처음 낙산사를 만든 장소가 이곳부터라고 하더군. 이곳에서 7일 간 기도를 하다가 관세음보살을 만났다고 하니까.

다만 관세음보살과 관련한 성지 중 성지인지라 암자 내부에 사람이 가득하고 외부에도 사람이 많아 오늘은 안으로 들어가는 것을 포기하고자 한다. 그제부터 계속된 여행으로 인해 몸이 피곤해서 그런지 오늘따라 복잡한 인파를 뚫고 들어갈 엄두가 나지 않음. 하지만 암자 안으로 들어가지 않아도 주변 바다를 보며 풍경을 즐기니 과연 이만한 장소가

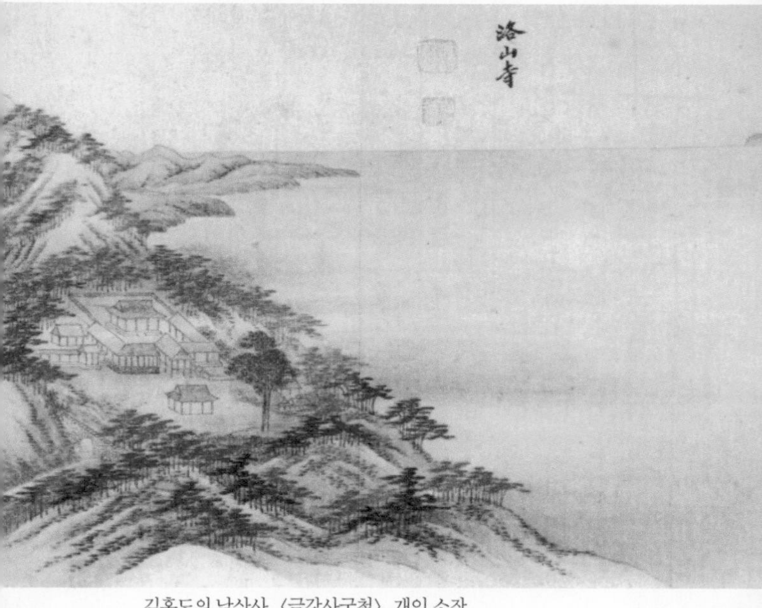

김홍도의 낙산사. 〈금강사군첩〉. 개인 소장.

세상에 없구나. 이번 여행에서 수없이 바다를 구경했지만 이곳이 가장 으뜸이다.

바다를 보다보니 의식의 흐름에 따라 갑자기 김홍도가 떠오르네. 2005년, 양양의 산불로 낙산사까지 화마로 인해 불타버릴 때 사찰 건물 38동 중 무려 21동이 사라지고 말았다. 그런데 그 강력하던 산불이 기묘하게도 홍련암 앞에서 딱 멈추었다고 하는군. 그리고 불탄 사찰을 새로 복구하는 과정에서 김홍도의 그림이 사용된다. 그렇다. 이쯤 되니 또다시 언급할 시기가 된 것 같지?

정조의 명으로 강원도의 명소를 그림으로 그린 김홍도. 그가 남긴 금강사군첩에서 낙산사 부분이 그것이다. 이를 바탕으로 불탄 사찰을 복원했으니, 기록을 남긴다는 것이 글이든 그림이든 모두 중요한 일임을 깨닫는다. 그러고 보니, 글로 낙산사 기록을 남긴 사람으로 의식의 흐름에 따라 이번에는 정철이 생각나는군.

배꽃은 벌써 지고 소쩍새 슬피 울 때(梨花(니화)는 발셔 디고 졉동새 슬피 울 제)

낙산사 동쪽 언덕으로 의상대에 올라앉아(洛山東畔(낙산동반)으로 義湘臺(의상대)예 올라 안자)

일출을 보려고 한밤중쯤 일어나니(日出(일출)을 보리라 밤듕만 니러하니)

상서로운 구름이 뭉게뭉게 피어나는 듯, 여섯 마리 용이 해를 떠받쳐 올리는 듯(祥雲(상운)이 집피는 동, 六龍(륙뇽)이 바퇴는 동)

해가 바다에서 솟아오를 때는 온 세상이 흔들리는 듯하더니(바다헤 떠날 제는 萬國(만국)이 일위더니)

하늘에 솟아 뜨니 가는 터럭도 헤아릴 만큼 밝도다.(天中(천중)의 티쓰니 毫髮(호발)을 헤리로다)

혹시나 지나가는 구름이 해 근처에 머물 것인가(아마도 널구름 근처에 머물세라)

이백은 어디가고 시구만 남았는가(詩仙(시선)은 어데 가고 咳唾(해타)만 나맛나니)

천지간의 굉장한 소식이 자세히도 표현되었구나(天地間(텬디간) 壯(장)한 긔별 자셔히도 할셔이고)

이는 정철의 관동별곡에 등장하는 낙산사이다. 이처럼 정철은 낙산사 의상대에 앉아 일출을 감상했던 것이니, 현재의 의상대는 홍련암으로 오는 길 중간에 위치한 정자로서 1925년 세워진 것이다. 다만 정자가 세워지기 이전부터 의상 대사가 참선을 한 장소라 하여 의상대라 불려왔던 장소라 하더군. 한편 정철 역시 이곳에서 일출과 함께 여섯 마리의 용을 만났기에 이는 의상대사가 7일 간 기도 끝에 동해의 용을 만난 것과 유사한 경험이라 하겠다.

그러고 보니 동해안에는 유독 용 전설이 많구나. 당장 경주 동해 바다에는 죽어서 용이 된 문무왕이 있고, 삼척에는 용이 된 문무왕이 종종 방문했다는

의상대에서 바라본 홍련암. ©Park Jongmoo
(위) 홍련암. ©Hwang Yoon

낙산사 관세음보살. ©Park Jongmoo

죽서루가 있다. 그리고 수로 부인은 남편과 함께 강릉으로 이동 중 용을 만났고, 양양의 낙산에는 기도 중인 의상 대사에게 용이 찾아왔으며, 정철 역시 낙산사에서 머물다 용을 만났네. 이렇듯 동해 바다에 산다는 용의 전설 역시 그 기원을 찾다보면 저 옛날 신라로 연결되는 것이다.

그래서인지 이곳 주변에는 용을 모시는 사당도 존재하니, 1605년에 쓴 허균의 '중수동해용왕비문(重修東海龍王碑文)' 이 이를 전해주고 있다.

> 바다는 천지간에 가장 큰 것인데 그 누가 왕이 되어 바람 불고 비 오게 하는가. 강하고 강한 용왕신이라 하늘의 용은 이것 같음이 없네. 복 내리고 화 내림에 신령스런 응보 매우 진실하다. (중략) 원컨대 이곳에 길이 자리 잡아 해마다 풍년 들게 도와주시고, 백성들 다치지 않게 해주시고, 전쟁이 미치지 못하게 하여 길이길이 만년토록 우리 고을을 도와주소서.
>
> 중수동해용왕비문

본래 신라 때부터 동해의 용에게 때마다 제사를 지냈는데, 이를 바탕으로 고려 시대부터는 동해신묘(東海神廟)라는 사당을 만들어 운영하기에 이른다.

지금도 낙산사에서 바다를 따라 남쪽으로 2km 정도 만 이동하면 사당을 만날 수 있다. 다만 현재의 동해 신묘는 일제 강점기 시절 민족 말살 정책과 함께 헐렸다가 1993년 복원한 건물이라는군.

이렇듯 동해바다는 과거 한반도 사람들에게 그 풍경의 아름다움에 절로 노래와 시가 나오고 깊고 넓은 바닷속에 사는 신성한 동물인 용이 상상되는 장소였던 것이다. 순간 나 역시 눈앞에 용이 보이는 듯 묘한 감정이 올라왔다. 저 멀리 구름 모습이 잠시 용처럼 보인 걸까? 아님 방금 진짜 용을 본 것일까?

마의태자의 길

마지막 진골인 마의태자가 경주를 떠나 정확히 어떤 길을 통해 금강산으로 갔는지는 알려져 있지 않다. 여러 지역에 남아 있는 설화를 바탕으로 마의태자의 길을 추적해보는 책이나 글이 있지만, 부족한 기록에 상상력을 듬뿍 넣은 내용이 대부분. 특히 강원도 인제군에서는 지역 설화를 바탕으로 마의태자와 연결시키는 작업을 많이 펼치고 있는 중이다. 하긴 인제가 낙산사와 설악산 근처이기도 하니까. 금강산으로 이동하는 도중 인제에 들렀을 가능성도 충분하겠지.

마찬가지로 상상력을 듬뿍 넣어 나는 마의태자가 낙산사에 들러 공민왕 왕전, 태조 이성계, 세조 이유, 그리고 지금의 우리들처럼 관세음보살을 만나지 않았을까 상상해본다. 이를 통해 곧 역사에서 사라지는 신라를 구원하기 위한 어떤 기적이 나타나길 바라지 않았을까? 하지만 바람은 이루어지지 않았으니, 이제 마의태자는 더 이상의 희망을 갖지 않고 속초를 거쳐 금강산으로 이동했을 것이다.

속초에는 향성사지 삼층석탑이 있는데, 이 탑은 나름 큰 의미가 있다. 동해안에서 가장 북쪽에 위치한 신라 석탑이기 때문. 제작 시기는 9세기이니, 이는 곧 한때 신라 동해안에서 가장 북쪽에 위치한 사찰의 탑이었음을 의미한다. 그렇다면 당시에는 사찰 = 문화 중심지 역할이었기에 이 위로는 지금의 휴전선과 유사한 변경 중 변경이라 보면 이해하기 쉬울 듯하다.

그럼 이번 여행의 마지막 코스로 금강산을 대신하여 설악산에 위치한 신라 삼층석탑을 만나보기로 하자. 낙산사에서 내려와 버스 정류장으로 가서 기다리다보면 양양에서 속초로 가는 버스가 온다. 이 버스를 타고 설악산 입구 정류장에서 내린 뒤 길을 건너 설악산 안으로 들어가는 버스로 갈아타면 끝. 주요 여행지를 연결하는 만큼 생각보다 버스가 자주 오는 편이니 뚜벅이 여행 난이도는 그리 높지 않다.

그럼 슬슬 낙산사 구경을 끝내고 출발해볼까?

마지막 발자취

어느덧 버스를 타고 설악산 안으로 들어섰다. 점차 계곡 사이를 시원하게 달리기 시작하는 버스, 슬슬 내릴 준비를 해야겠군. 종점 바로 직전인 켄싱턴 호텔 정류장에서 내려야 하거든.

켄싱턴 호텔은 1979년에 만들어졌다는데, 전에 숙박해본 경험에 따르면 클래식한 고급 느낌이 잘 살아 있다. 즉 요즘 호텔에 비하면 세련되고 넓은 느낌은 덜하나 나름 격식이 느껴지는 숙소랄까? 특히 조식 뷔페가 잘 나오니, 만일 이곳에 머문다면 반드시 조식을 함께하는 숙박을 추천한다. 설악산 뷰를 보며 아침을 먹는 맛은 색다르니까.

아무래도 설악산을 올라갈 때 하루 편히 자는 목

켄싱턴 호텔. ©Hwang Yoon

적으로 사용하면 좋을 듯싶군. 호텔이 바로 설악산 입구에 위치하는 만큼 등산을 목적으로 할 때 무척 편리하기 때문. 다만 대청봉 등산이 목적이라면 글쎄. 무려 1700m 높이의 대청봉을 저 아래부터 올라간다는 것은 결코 쉬운 일이 아니거든. 대신 울산바위 등산으로는 좋은 코스라 생각된다. 나 역시 여기서부터 대청봉까지 등산해본 적이 단 한 번도 없다.

너무 난이도가 높은 것 같아 매번 울산바위로 목표를 바꾸며 포기함. 안 되겠다 싶으면 포기가 빠른 남자거든. 참고로 대청봉을 등산하고자 한다면 이곳보다 오색분소 또는 한계령 휴게소 등 높은 지대에서 출발하는 것을 추천한다.

자, 버스에서 내리니 바로 옆에 삼층석탑이 있네. 이 탑이 바로 향성사지 삼층석탑이다. 보물로 지정된 높이 4.33m의 탑으로 나름 당당한 느낌이 잘 살아 있지. 폰을 꺼내 슬쩍 사진을 담아본다. 그러니까 이 탑이 동해안에서 가장 북쪽에 위치한 삼층석탑이라는 거지. 음. 이미 여러 차례 보았음에도 매번 볼 때마다 새롭다.

그렇다면 동해안에 삼층석탑이 이것 외에도 더 있다는 의미인데. 정답. 이미 어제 동해 삼화사에서 보물로 지정된 삼화사 삼층석탑을 만났었지. 그리고 이번 여행에서는 만나지 않았지만 국보로 지정된 양양 진전사지 삼층석탑, 보물로 지정된 양양 오색리 삼층석탑, 보물로 지정된 양양 선림원지 삼층석탑 등이 동해안에 위치한 신라 시대 탑이다. 그만큼 과거 통일신라 시대에 수많은 사찰이 존재했음을 알 수 있다. 아무래도 산과 바다가 주는 남다른 매력으로 불교의 성지이자 주요 문화 거점으로서 사찰이 하나둘 만들어졌던 것.

향성사지 삼층석탑. © Park Jongmoo

매력적인 향성사지 삼층석탑을 볼 때마다 의문이 드는 것이 하나 있다. 계곡과 좁은 길옆에 위치한 탑만으로는 과거 존재했던 향성사(香城寺)라는 사찰의 흔적을 눈 씻고 보아도 찾아볼 수 없으니까 말이지. 보통 사찰이라면 탑과 함께 여러 건물 터가 함께해야 하는데, 이곳에는 오직 탑만 나 홀로 우두커니 서 있을 뿐이다. 이에 탑 바로 언덕에 위치한 켄싱턴 호텔에 과거 향성사가 있었다고 추정하던데, 그렇다면 1970년대 호텔을 만들 당시 관련 흔적은 발견되지 않았던 것일까? 아무래도 유적지에 대한 관심과 보호가 지금보다 무척 약할 때라.

이렇듯 이곳에서 우리는 무언가 아쉬움이 남아 있는 신라의 흔적을 만날 수 있다. 그래서인지 몰라도 난 이 탑을 볼 때마다 묘하게도 마의태자가 생각나곤 한다. 옛 사찰의 영광은 사라지고 삼층탑만 홀로 자리를 지키고 있는 이 현장이 마치 신라 멸망 후 금강산으로 이동했다는 것 외에는 구체적 행적을 알 수 없는 마의태자와 비슷한 느낌이 들기 때문이다. 또한 향성사지 삼층석탑은 동해안 가장 북쪽에 위치한 신라를 대표하는 삼층탑이고, 마의태자는 신라 가장 북쪽 영역인 금강산에서 자신의 인생을 정리한 마지막 진골이네.

마의태자를 생각하며 삼층탑을 한참 감상하다보

니, 슬슬 이번 여행을 마칠 때가 되었군. 나는 여기서 조금 더 걸어 들어가 설악산 신흥사까지 가볼 예정이지만, 함께 하는 여행은 이쯤에서 헤어지기로 하자. 마의태자를 끝으로 진골이 사라지며 한 시대가 완전히 마감된 만큼, 유적지나 사찰을 보며 설명할 힘이 거의 다 소진된 상태가 되었거든. 다만 집으로 가는 것은 걱정하지 마시라. 여기 종점에서 버스를 타면 속초시외버스터미널에 도착하는데, 그곳에서 안양 가는 버스를 타면 되니까.

그럼 안녕~ 다음 여행에서 또 만나요.

에필로그

강릉 단오제를 구경하러 왔다가 흥미로운 내용을 접했다. 현재 KBS 강릉방송국 자리에 과거 대성황사라는 건물이 있었으며, 그곳에는 12신(神) 신위(神位)를 모셨다는 것.

송악산지신, 태백대왕신, 남산당제형태상지신, 감악산대왕지신, 성황당덕자모지신, 신무당성황신, 김유신지신, 이사부지신, 초당리부인지신, 서산송계부인지신, 연화부인지신, 범일국사지신

이 바로 그들이다.

하지만 1894년, 갑오개혁 때 대성황사에 봉안되

었던 12신 신위를 땅속에 묻어버리면서 강릉단오제는 현재 대관령의 국사성황이 주가 되는 축제로 그 범위가 축소되기에 이른다. 이후 일제 강점기 시대가 열리자 1909년, 대성황사 건물마저 사라졌고, 그 자리에는 1921년부터 황망하게도 일본 신사가 만들어졌다. 물론 지금은 독립 후 일본 신사도 사라진 상황이지만.

그런데 위 정보를 처음 본 그날, 내 눈에는 저 12신 중 유독 신라 출신인 이사부지신, 김유신지신, 범일국사지신이 눈에 잡혔다. 이는 실존 역사 인물인 김유신, 이사부, 범일국사를 신으로 모신 모습이라 하겠다. 또한 연화 부인의 경우 실제 역사와는 상관없이 강릉 김씨 시조인 김주원의 어머니로서 강릉에 알려진 인물인 만큼 역시나 신라 출신이라 볼 수 있다. 이처럼 12신 중 무려 4신이 신라 출신이라는 점이 흥미롭게 다가왔으며, 특히 역사 인물을 바탕으로 한 6신 중에서는 무려 4신이 신라 출신이라는 부분은 분명 특별한 이유가 있을 것이라 여겨졌다.

깊은 관심을 가지고 한동안 이들의 행적과 강원도 동해안의 관계를 연결해보자 정말로 하나의 이야기 구조가 만들어졌다. 진골이 제도적으로 자리 잡는 시절 이사부에 의해 신라가 강원도 동해안을 완전히 장악한 뒤부터 김유신으로 대표되는 진골과 화랑이 동해안을 자주 다녔다. 그 과정에서 연화 부인처럼 진골 출신과 혼인하는 지방 세력이 자연스럽게 생겨났고, 그 결과 범일국사처럼 진골과 호족의 피가 함께하는 인물까지 등장하게 된 것이다.

신라 시대 수도 경주와의 깊은 연결 고리 덕분에 지역 개성과 함께 남다른 문화적 자부심이 생겨난 영동 지역은 고려, 조선 시대에도 남다른 독자성 있는 지역 문화를 이어갔다. 그 결과 지금의 강릉 단오제 역시 전국에서 가장 큰 규모이자 남다르게 전통을 지키며 이어가는 축제로 남아 있는 것이 아닐까?

단 하나 아쉬운 점이 있다면 강원도 동해안 여행에서 중요한 부분 중 하나인 금강산 이야기를 현재 시점에서는 여행지로 포함시킬 수 없다는 점이다. 언젠가 이 책을 새롭게 개정할 때가 온다면 그 때는 금강산까지 이야기를 넣고 싶지만, 과연 가까운 시일 내 가능할는지. 그래, 지금부터는 금강산까지 이야기에 포함시킬 수 있는 먼 미래를 꿈꾸며 살아가야겠다.

참고문헌

강릉단오제 산신제 연구–고려말 조선초기를 중심으로, 동양학 58권, 2015년, 안광선

강릉단오제 신격변동, 국립민속박물관, 2017년, 안광선

강릉단오제 主神 교체의 시기와 역사적 배경, 지방사와 지방문화, 2019년, 박도식

강릉연화 부인 설화의 역사적 맥락 고찰, 국제한인문학연구, 2019년, 심은섭

고려 시대 묘지명 제작과 '알리고 싶은 열망', 대동문화연구, 2012년, 나희라

동해 송정동 유적의 지형경관과 입지환경, 중부고고학회, 2021년, 허의행

동해 추암동고분군 출토 대가야양식 토기에 대하여, 강원문화연구, 2020년, 이상수

梵日의 山門 개창과 성장기반 조성, 신라사학보, 2015년, 정동락

山祖師 梵日 新傳, 한국사학사학보, 2016년, 조영록

삼척의 고고문화, 삼척시립박물관, 2012년 이상수

삼척 죽서루, 명확한 불확정의 건축교본 KoreaScience, 2019년, 강윤식

삼화사 철불 연구, 이화여자대학교 대학원, 2014년, 유시내

三和寺 鐵造盧舍那佛像의 圖像的 意義와 造成背景에 관한 考察, 신라문화, 2017년, 서지민

水路夫人의 家族, 신라문화, 2014년, 이주희

신라의 동해안 연안항해와 하슬라—강릉 경포호 강문동 신라토성을 중심으로, 백산학회, 2013년, 홍영호

新羅 崇福寺碑 板本의 갈래와 崔致遠의 割註, 신라사학보, 2013년, 박남수

앎과 삶의 공간, 이상건축, 1999년, 김봉렬

의상의 생애와 그의 영향에 관한 연구, 위덕대학교 대학원, 2019년, 박관남

조선왕실의 낙산사(洛山寺) 중창과 후원, 국립문화재연구소, 2017년, 이상균

朝鮮初期 族譜의 刊行形態에 관한 硏究, 국사관논총, 2000년, 심승구

한국 고대 인명 사전, 도서출판 역락, 2007년, 장세경

향가해독법연구, 서울대학교출판부, 1990년, 김완진

후삼국시대 溟州호족과 山寺, 한국고대사탐구, 2011년, 신호철

後三國期 溟州將軍 王順式의 정치적 위상과 弓裔 · 王建과의 관계, 강릉학보, 2008년, 신호철

일상이 고고학 나 혼자 강원도 여행

1판 1쇄 인쇄 2022년 10월 4일
1판 1쇄 발행 2022년 10월 14일

지은이 황윤
펴낸이 김현정
펴낸곳 책읽는고양이 / 도서출판리수

등록 제4-389호(2000년 1월 13일)
주소 서울시 성동구 행당로 76 110호
전화 2299-3703
팩스 2282-3152
홈페이지 www.risu.co.kr
이메일 risubook@hanmail.net

ISBN 979-11-86274-98-9 03810

※책값은 뒤표지에 있습니다.
※잘못 제본된 책은 바꾸어 드립니다.